Madame Flavicaus zauberhafter Punsch

Eva Pattum

Dieser Titel ist auch als E-Book erschienen.

Weitere Titel von Eva Pattum:

Die Spendensammlerin

Than: Der Fluss

Madame Flavicaus zauberhafter Punsch

Lektorat: Anneke Müller/Annette Jünger

Umschlaggestaltung: James Covers

© 2017 Herstellung und Verlag:

BoD – Books on Demand, Norderstedt.

ISBN: 9783744800051

PROLOG

Der riesengroße Bürokomplex lag noch grau und verlassen in der frühmorgendlichen Dunkelheit. Er wirkte wie ein überdimensionierter Tresor, der dem lieben Gott beim Aufräumen aus Versehen auf die Erde gefallen war. Die letzten Mitarbeiter waren schon längst gegangen, und es würde noch Stunden dauern, bis bei den Ersten der Wecker klingelte, um sie an einen neuen Arbeitstag zu erinnern. Nur auf einer der oberen Etagen ging langsam, Raum für Raum, das Licht an und wurde nach einer Weile gewissenhaft wieder gelöscht.

An diesem Morgen fand Madame Flavicaus keine gebrauchten Kondome im Mülleimer. Das beruhigte sie sehr. Denn es machte immer ein wenig Mühe, die Reste der abendlichen Vergnügungen sauber zu entsorgen.

Sie leerte die braunen, runden Behälter, einen nach dem anderen. Sorgfältig entfernte sie die beharrlich klebenden Kaugummis und sortierte mit spitzen Fingern die verschmierten Schokoladenverpackungen, Essensreste und benutzte Teebeutel aus. Dann stellte sie die Eimer wieder unter die dazugehörigen Schreibtische und drehte sie so, dass die Aufschrift jeweils demjenigen, der an diesem Platz arbeiten würde, entgegensprang. NUR FÜR PAPIERMÜLL stand dort in großen Buchstaben.

Sie saugte den Boden, wienerte die Tische, klopfte Haare und Schüppchen aus den Bürostühlen – wobei der Reinigungsaufwand von Platz zu Platz stark variierte – und schleifte ihre großen Müllsäcke hinter sich in den Fahrstuhl, um sie dann zum Container zu bringen.

Als sie fertig war, kam ihr wie fast jeden Morgen der Pförtner entgegen. Sie grüßten sich freundlich. Er begann, wenn sie ihre Arbeit bereits erledigt hatte. Alles hätte so bleiben können. Wenn es nach Madame Flavicaus gegangen wäre, sogar ihr ganzes Leben lang. Aber man hatte sich beschwert. Nicht über sie. Um Himmels willen! Natürlich nicht. Es ging um das ungewöhnlich lange dauernde warme Wetter … und um den Müll.

Der Umstand, dass der deutliche Hinweis auf den Mülleimern, diese nur für Papierabfälle zu verwenden, beharrlich von den Mitarbeitern des Unternehmens ignoriert wurde, führte zu einer massiven Beschwerdewelle. Ein Aufschrei derjenigen, die diese Missstände nicht nur selber herbeigeführt hatten, sondern sie auch leicht hätten beheben können. In den Großraumbüros hing morgens eine leichte Wolke aus gegorenem Obst, kalten Kaffeeresten und manchmal auch säuerlicher Milch. Einige berichteten zudem noch von einer weiteren Note in der Raumluft, die sie nicht näher identifizieren konnten.

Niemand befragte Madame Flavicaus dazu. Hätte es jemand getan – was bedeutet hätte, dass dieser jemand morgens schon sehr, sehr früh hätte aufstehen müssen, um ihr im Büro zu begegnen –, dann hätte er sofort den Verursacher dieser besonderen Duftrichtung erahnt. Es war der Geruch von Sex, Schweiß, erhitzten Körpern und manchmal auch die restliche Ausdünstung eben jener Verhütungsmittel, die sie an manchem Morgen im Müll fand.

Als der Übeltäter, besser gesagt, die Übeltäter, wurden offiziell schnell folgende identifiziert: das Wetter, insbesondere das lang anhaltende Hochdruckgebiet mit ungewöhnlich hoher Sonneneinstrahlung sowie die bösen Bakterien, die viel zu schnell und zu eifrig alles Organische nicht gerade geruchsneutral zersetzten. Auf keinen Fall jedoch die Mitarbeiter, die zu bequem waren, um ihren Restmüll in die großen Eimer neben den Bürotüren zu werfen. Die waren nämlich in den Augen der meisten Angestellten viel zu weit von ihrem Arbeitsplatz entfernt.

Bevor sich die Unzufriedenheit der Mitarbeiter weiter hochschaukeln konnte, beschloss man, als sichtbares Zeichen sofort Maßnahmen einzuleiten. Die sahen allerdings nicht so aus, dass freundlich auf die Verwendung des persönlichen Papierkorbes entsprechend seines Zweckes hingewiesen wurde. Denn kritisieren lassen würden sich diese fleißigen Mitarbeiter nicht gerne, und man wollte weitere Nörgeleien vermeiden.

Als Lösung zog man etwas ganz anderes in Betracht. Eine scheinbar nur winzig kleine sofortige Maßnahme, die Madame Flavicaus gesamtes Leben verändern sollte. Und das vieler weiterer Menschen gleich mit.

KAPITEL 1

Am ersten Tag, nachdem man ihr diese Änderung mitgeteilt hatte, war Madame Flavicaus außerordentlich guter Dinge. Sie fand nichts daran auszusetzen, statt in den sehr frühen Morgenstunden nun abends ihre Aufgaben in dem Bürogebäude zu verrichten. Ganz im Gegenteil. Sie freute sich darauf, nicht mehr morgens um halb vier von ihrem Wecker geweckt zu werden, um im Dunkeln aufzustehen. Busse und Bahnen fuhren zu dieser Zeit noch nicht, so dass sie völlig auf ihre kleine Kreidler Florett angewiesen war, wenn sie nicht jeden Morgen einen langen Fußmarsch auf sich nehmen wollte. Und dann hätte sie ihren Wecker weitaus früher stellen müssen.

Der trübe Lichtkegel ihres Mopeds schnitt nur einen schwachen beleuchteten Sichtkreis in die morgendliche Dunkelheit. Gerade bei Wind, Regen oder Schnee wurde jede ihrer Fahrten zu einem unkalkulierbaren Abenteuer, auf das Madame Flavicaus gerne verzichtet hätte, was sie aber bisher aus Mangel an Alternativen nicht konnte.

Trotzdem sagte sie sich jeden Morgen, noch bevor sie zum Losfahren mit dem Fuß einmal ordentlich den Kickstarter ihrer Kreidler durchtrat: „Wie schön mein Leben doch ist!"

Dabei breitete sich auf ihrem Gesicht ein entspanntes Lächeln aus. Denn sie war glücklich. Glücklich darüber, dass sie ihren fahrbaren Untersatz hatte und deswegen länger schlafen konnte, glücklich darüber, dass sie die morgendlichen Straßen für sich alleine hatte, und auch glücklich darüber, dass sie dann schon ihre Arbeit beendet haben würde, wenn sie für die meisten Menschen erst begann.

Aber ab sofort würde sich das ändern. Man hatte ihre Arbeitszeiten, ohne dass sie sich je beschwert hätte, auf den Abend verlegt. So wollten die obersten Chefs den übelriechenden Fäulnisprozessen in den Papierkörben konsequent entgegenwirken und ihre hochgeschätzten Mitarbeiter weiter bei Stimmung halten.

Madame Flavicaus war ausgeruht an diesem Tag. Das ungewohnte Ausschlafen hatte ihr sehr gut getan. Nach einem ausgiebigen Frühstück auf ihrem klitzekleinen Balkon, der eher ein Austritt war, genoss sie noch eine Weile die Sonnenstrahlen. Dabei trank sie einen extra starken Mokka, so wie es in ihrer Kultur seit Generationen üblich war.

„Wie schön mein Leben doch ist!", sagte sie sich, während sie jeden Schluck der warmen Flüssigkeit genoss.

Sie war glücklich, den anbrechenden Tag in aller Ruhe genießen zu können, glücklich, dass die Sonne ihr die Haut wärmte, und glücklich, dass sie einen langen freien Tag vor sich hatte, bevor sie zur Arbeit fuhr.

Sie knotete ein buntes Tuch um ihren Kopf, damit ihre schwarzen Locken sie nicht störten. Dabei wanderten ihre Augen zu dem imposanten Neubau direkt gegenüber ihrer Wohnung.

Die Sonne blendete Madame Flavicaus. Sonst hätte sie sehen können, wie in einer der neuen Wohnungen ein Mann am Fenster stand und ihr einen langen Blick zuwarf. Er betrachtete sie wohlwollend und auch etwas neugierig aus der Ferne. Ein Lichtstrahl traf ihn, als die Sonne sich in Madame Flavicaus großen, goldenen Ohrringen brach.

Er war kurz geblendet, dann lenkte ihn ein Geräusch ab. Ein Summen, das jäh mit einem leisen Stoß gegen die Fensterscheibe endete. Der Mann blickte zu Boden. Vor ihm lag eine kleine Stubenfliege auf dem Boden. Er hob sie vorsichtig auf und trug sie in die Küche, damit sie sich in Ruhe von ihrem Zusammenstoß erholen konnte, ohne aus Versehen zertreten zu werden. Dann wendete er sich anderen Dingen zu.

Den Tag verbrachte Madame Flavicaus in einer angenehm dösigen Stimmung. Die frühsommerliche Wärme lockte die Menschen auf die Straßen und die ersten Sommerblumen aus ihrem Dämmerschlaf.

Sie ging im Park spazieren und bewunderte die vielen bunten Pflanzen und Vögel. Dann schlenderte sie durch die Gassen ihres Viertels, kaufte ein paar Köstlichkeiten in den kleinen Lädchen und sog den Geruch der frischen Backwaren ein, der aus den zahlreichen kleinen Cafés und Backstuben auf die Straße strömte. Kurz gesagt, sie genoss das bunte Treiben um sie herum.

Nach diesem erquickenden Tag betrat Madame Flavicaus abends mit einem Lächeln das Bürogebäude, um ihre Arbeit zu beginnen.

Freundlich grüßte sie den Pförtner, der bereits dabei war, seine alte Ledertasche für den Feierabend zu packen. Gerade sah sie noch, wie seine leere Brotdose darin verschwand.

Geduldig wartete sie vor den ratternden Fahrstühlen, die unermüdlich die Angestellten aus den oberen Etagen ins Erdgeschoss brachten, damit sie nach getaner Arbeit endlich nach Hause gehen konnten. Schmunzelnd beobachtete sie, wie zwei junge Menschen sich in der Menge einen tiefen Blick zuwarfen und dabei leicht erröteten.

Der Aufzug besaß eine lange Reihe von beleuchteten Knöpfen mit Zahlen, für jede Etage einen. Eine nähere Beschreibung der Firmen in den jeweiligen Stockwerken gab es nicht. Sie betrat den Fahrstuhl und drückte auf den zweiten Knopf von oben.

Ihr Arbeitsbereich lag fast unter dem Dach. Sorgfältig prüfte sie in ihrem Lagerraum, ob die Putzmittel in ausreichender Menge vorhanden waren, und sortierte sie ordentlich auf ihr Rollwägelchen, das sie dann hinter sich her in das erste Großraumbüro zog.

Madame Flavicaus wickelte das lange Kabel des Staubsaugers ab und steckte den Stecker in die Steckdose, gleich hinter der Tür zu dem Raum, in dem sie tagtäglich ihre Arbeit begann.

„Wie schön mein Leben doch ist!", dachte sie sich.

Ihr fiel der sonnige Morgen ein, den sie jetzt so oft sie wollte auf ihrem kleinen Balkon begrüßen konnte. Sie dachte an die schönen Blumen im Park und atmete bei dem Gedanken an deren süßlichen Geruch genussvoll tief ein. Sie spürte, wie die ausgelassene Atmosphäre auf den Straßen ihres Viertels auf sie übergesprungen war und sie ganz abenteuerlustig machte.

Seit langem konnte sie zum ersten Mal die Tage völlig unbeschwert genießen, ohne noch ein kleines bisschen müde vom frühen Aufstehen zu sein.

Dankbar schaltete sie den Staubsauger an und begann, den Boden des ersten Großraumbüros mit gleichmäßigen Schwüngen gründlich zu reinigen. Dabei summte sie in einer dunklen Tonlage eine alte Volksweise. Das monotone Brummen des Gerätes nutzte sie als dürftigen Ersatz für den Kontrabass.

Ein lauter Fluch durchbrach das harmonische Geräusch. Und plötzlich verstummte auch noch der Sauger. Madame Flavicaus schaute hoch. Vor ihr hatte sich ein stark übergewichtiger Mann aufgebaut. Sein Gesicht war dunkelrot, und über seine breite Stirn zog sich direkt unter der Haut von oben nach unten eine dicke pulsierende Ader.

„Mein Herr?", fragte Madame Flavicaus überaus höflich.

„Spinnen Sie?", brüllte der Mann wütend los.

„Sehen Sie nicht, dass ich hier arbeiten muss?"

Sein schwabbeliger Hals schwoll an und gab ihm das Aussehen eines bulligen Stieres.

„Lärmen Sie hier nicht rum! Ich habe hochwichtige Dinge zu tun!"

Bei diesen Worten riss er Madame Flavicaus den Sauger aus der Hand und versuchte, sie mit seinem massigen Körper samt ihrer Putzausrüstung aus dem Großraumbüro zu schieben.

Und was tat die überraschte Madame Flavicaus?

Nun ja. Zunächst blieb sie einen Moment irritiert stehen. Versuchte innerlich, ihr Lied, das sie durch die Arbeit trug, weiterzusummen, um so einen angenehmen Ton der hasserfüllten Stimme des Mannes entgegensetzen zu können.

Aber als er sie mit seinem ganzen Gewicht unsanft anrempelte und aus dem Raum schieben wollte, da geriet sie für einen winzigen Moment aus dem Takt.

Madame Flavicaus taumelte und vergaß ihre Melodie. So, als wenn der Mann diese mit seinem harten Stoß aus ihrem Kopf gewirbelt hätte.

„Putzen Sie gefälligst woanders!"

Während er sprach, drängte der Mann sie immer weiter aus dem Raum.

Als sie beide auf dem Flur standen, nickte er nur schroff und meinte: „So! Auf Wiedersehen. Good luck. Viel Spaß. Adios."

Und schon war er wieder in dem Büro verschwunden und schlug die Tür mit einem Knall hinter sich zu.

Verdutzt blieb Madame Flavicaus in dem Flur stehen und versuchte, wieder den Rhythmus ihrer inneren Melodie aufzunehmen. Aber sie konnte den Takt nicht mehr finden. Etwas verzagt rollte sie das lange Kabel des Staubsaugers über ihren Arm und öffnete die Tür zum nächsten Büro. Zum Glück war es leer. Konzentriert verrichtete sie ihre Arbeit und widmete sich dann einem Raum nach dem anderen, so wie sie es gewohnt war. Nur das schwungvolle Lied, das sie in sich gespürt hatte und das ihr den schnellen Takt vorgab, konnte sie nicht mehr hören. So sehr sie sich auch anstrengte.

Stunden später öffnete sie noch einmal die Tür zu dem Großraumbüro, das sie zuvor so abrupt verlassen musste. Das Licht war bereits gelöscht. Alle Plätze waren leer. Und nur bei einem Bürostuhl spürte sie beim Absaugen mit der schmalen Düse die Wärme, die der Stoff durch stundenlanges Sitzen eines Menschen aufgenommen hatte.

Es wunderte sie nicht, dass der Papierkorb an diesem Schreibtisch voll mit Speiseresten war, die von der braunen Innenwand heruntertrieften. Sie leerte ihn gleichmütig und drehte danach die Aufschrift NUR FÜR PAPIERMÜLL so, dass der Mitarbeiter, zu dem dieser Arbeitsplatz gehörte, es gleich am nächsten Morgen sehen musste.

Beim Abwischen seines Schreibtisches stieß sie ganz aus Versehen gegen die Computermaus, die zwischen Telefon und Tastatur lag. Der Monitor des Rechners wurde aus dem Schlafmodus geweckt und sprang an. Es klackte leise, und vor ihr erschien das Bild eines grinsenden Comic-Männchens, dessen Kopf zwischen zwei Paaren fast nackter Brüste steckte. Darunter konnte Madame Flavicaus in einem großen gelben Kasten folgenden Text lesen: „Larry, zwei Frauen gleichzeitig bringen dich um. Vergiss es. Übe erst einmal mit einer."

Dazu gab es drei Auswahlmöglichkeiten: Spielstand sichern, neuer Versuch, beenden. Sie klickte mit der Maus auf „beenden" und wischte den restlichen Schreibtisch ab. Dabei gab sie doppelt so viele Spritzer aus ihrer Sprühflasche mit dem Reinigungsmittel auf die Oberfläche als üblich.

Etwas müde und betrübt räumte sie ihre

Putzmittel zurück in den Lagerraum und fuhr mit einem der Fahrstühle ins Erdgeschoss.

Zurück in ihrer Wohnung setzte sie sich in ihren gemütlichen Sessel am Fenster und schlief augenblicklich ein.

Am nächsten Abend erschien sie pünktlich und gut gelaunt zur Arbeit. Sie suchte ihre Putzsachen im Lagerraum zusammen und wollte gerade den Rollwagen rückwärts durch die weit geöffnete Tür schieben, als sie einen kräftigen Stoß spürte.

Überrascht drehte sie sich um. Eine junge Frau schaute sie unfreundlich an.

„Sagen Sie mal, können Sie nicht gucken?", schnauzte diese los und hob dabei kaum ihre Augen von einem Stapel Papiere, den sie angestrengt durchblätterte.

„Was stehen Sie hier im Weg? Ich hätte mir sonst etwas tun können", meckerte die Dame weiter.

Madame Flavicaus schaute sie nur verwundert an und sprach kein Wort. Mit einem leisen Nicken schob sie ihr Wägelchen das letzte Stück aus dem Raum heraus und schloss die Tür von außen.

„Hallo? Ich rede mit Ihnen!"

Die Frau stellte sich dicht vor Madame Flavicaus

und starrte ihr wütend in die Augen.

„Schon einmal etwas von dem Wort ‚Entschuldigung' gehört? Oder kennen Sie unsere Sprache etwa nicht? Na, höchstwahrscheinlich nicht!" Madame Flavicaus zögerte einen Augenblick, nicht sicher, wie sie reagieren sollte. Dann zuckte sie nur mit den Schultern und warf der Frau einen entschuldigenden Blick zu. Die hatte ihre Augen bereits wieder auf ihre Papiere geheftet. Als keine Antwort von Madame Flavicaus kam, setzte sie ihren Weg über den Gang fort und murmelte dabei: „Unhöfliches Pack."

Aus jahrelanger Gewohnheit betrat Madame Flavicaus wieder zuerst das Großraumbüro, in dem sie gestern dem unfreundlichen Herren begegnet war, und begann, eine leise Weise aus ihrer Heimat zu summen.

Sie hatte noch nicht einmal das Kabel ihres Staubsaugers in die Steckdose gesteckt, da hörte sie schon, wie jemand laut fluchend von seinem Arbeitsplatz herüberkam.

„Das darf doch nicht wahr sein?! Sie schon wieder?", polterte sie eine männliche Stimme an. Es war ihre Begegnung vom Vorabend.

„Sie sehen doch, dass hier gearbeitet wird.

Kommen Sie gefälligst später, wenn ich weg bin."

Bei diesen Worten drängte er sie wieder mit seinem Körper heraus und verdeckte ihr so den Blick auf seinen Arbeitsplatz.

Als Madame Flavicaus sich von ihrer Überraschung erholt hatte, fand sie sich allein mit ihrem Wägelchen auf dem Flur, vor sich die geschlossene Bürotür. Sie ging über den Gang und guckte dabei genau, ob aus einem der anderen Räume noch Licht drang. Aber die übrigen Büros schienen dunkel und verlassen zu sein. Wohin die Frau von ihrem Zusammenstoß verschwunden war, hatte sie nicht beobachtet.

Also beschloss Madame Flavicaus, mit den Büros am anderen Ende des Ganges zu beginnen. Sie öffnete spontan eine der Türen und hörte sofort ein leises Stöhnen. Hatte sich jemand verletzt? Ohne groß zu überlegen, trat sie ein und betätigte den Lichtschalter. Der Raum erstrahlte sofort in dem kühlen Weiß zahlreicher Neonlampen.

Eine weibliche Stimme rief erschrocken: „Raus mit Ihnen!"

Dann hörte sie ein Rumpeln und Ächzen. Sofort zog sie sich zurück und löschte das Licht.

Hinter der nächsten Tür, die sie öffnete, war friedliche Stille. Sie begann dort zu saugen und arbeitete sich leise summend durch die anderen Räume vor, bis nur noch die beiden übrig blieben, in denen scheinbar noch gearbeitet wurde. Was auch immer das für die Menschen dort hieß.

Und die Toilettenräume. Sie beschloss, erst dort ihre Arbeit zu verrichten, um den Mitarbeitern noch ein wenig Zeit zu verschaffen. Denn die sollten doch ihren wichtigen Tätigkeiten ungestört nachgehen können.

„Wie schön mein Leben doch ist!", sagte Madame Flavicaus sich, als sie die Damentoilette schrubbte.

Sie freute sich, dass sie nicht so lange Tage im Büro sitzen musste, wie es scheinbar einige der Angestellten nötig hatten. Sie war glücklich, dass sie die Freiheit hatte, sich auszusuchen, mit welcher Aufgabe und in welchem der Räume sie begann. Sie war überaus dankbar, dass es nur so wenige Störungen durch unzufriedene Mitarbeiter gab.

Als sie fertig war, sprühte sie noch einen Hauch Verbenen-Duft aus einem Zerstäuber, so dass ein leichter, frischer Zitrusgeruch im Raum hing. Dann wechselte sie zur gegenüberliegenden Herrentoilette. Dort öffnete sie die Tür. Lauschte kurz und stellte ihren Putzwagen so in den Eingang, dass für einen eventuellen Besucher sofort sichtbar war, dass hier gerade gereinigt wurde.

Sie begann leise summend, die Reste und Spuren der Menschen zu beseitigen, die den Raum im Laufe des Tages aufgesucht hatten. Als sie schon fast fertig war, hörte sie ein unfreundliches Räuspern hinter sich. Sie blickte hoch und wischte sich mit den Armen die großen Locken aus dem Gesicht. Dabei versuchte sie, den Kontakt zu ihren nassen Gummihandschuhen zu vermeiden.

Der dicke Mann aus dem Büro stand vor ihr und machte eine Geste mit den Händen, die sie herauswinken sollte.

„Putzen Sie in meinem Büro weiter. Ich muss hier rein."

Sie nickte freundlich, nahm ihr Wägelchen und tat, was der Herr wünschte.

An seinem Arbeitsplatz hatte sich zum Abend zuvor nicht viel geändert. Der Mülleimer quoll über vor Resten von ungesundem Essen. Das Ganze war überzogen von einer hellgelben zähen Sauce, die aus einem großen Becher mit der Aufschrift SAHNEPUDDING triefte.

Madame Flavicaus leerte das Behältnis und reinigte es gründlich. Sie warf einen Blick auf den Tisch. Die Arbeitsplatten in den Büros brauchte sie laut Putzplan nur einmal pro Woche zu reinigen. Doch sie war neugierig. Ganz leicht stieß sie mit einer Hand gegen die Maus.

Wieder sprang der Monitor durch die Bewegung mit einem Klacken an. Und wieder strahlte ihr ein Comic-Männchen entgegen. Sie vermutete, dass es das Gleiche wie am Vortag war. Es lachte breit im Vordergrund, dahinter waren offene Sektflaschen gezeichnet und rechts sah man nackte Frauenbeine, die mit Pumps beschuht auf einem Sofa lagen. In der Ferne waren die Silhouetten wild tanzender Menschen zu sehen.

LEISURE SUIT LARRY RELOADED stand in großen Lettern über der Szene. Darunter nur GAME OVER.

Madame Flavicaus wischte den Schreibtisch sauber, was durchaus angebracht war bei den klebrigen Spuren auf der Tischplatte und der Tastatur.

„Wie schön mein Leben doch ist!", sagte sie sich, denn ihr tat der beleibte Mann leid, der scheinbar sein eigenes Zuhause so wenig mochte, dass er Abend für Abend im Büro blieb und dort Computerspiele spielte, nur um nicht heim zu müssen.

Als sie das Büro fertig gesäubert hatte, wechselte sie zurück zu den Herrentoiletten und öffnete vorsichtig die Tür. Das Licht war aus. Ein gutes Zeichen. Sie drückte auf den Beleuchtungsknopf und stellte ihr Putzwägelchen in die Tür.

Als sie durch den Vorraum mit den Waschbecken in den hinteren Bereich ging, schlug ihr ein sehr intensiver Geruch entgegen nach etwas, das in der Toilettenschüssel normalerweise schnell weggespült wurde.

Sie öffnete die Kabinentüren, um nach dem Verursacher des Geruchs zu forschen. Hinter der Tür außen links wurde sie fündig. Vor ihr prangte ein riesengroßer brauner Haufen auf dem schneeweißen Porzellan des WC.

Madame Flavicaus betätigte den Spülknopf und hielt ihn besonders lange gedrückt. Trotzdem brauchte sie mehrere Durchgänge mit kurzen Pausen, in denen das Wasser wieder in den Spülkasten rauschte, um den größten Teil der Hinterlassenschaft zu beseitigen. Dann machte sie sich an die Feinarbeit.

Die Reinigung des Toilettenraumes dauerte deutlich länger als sonst. Aber ihr war das ganz recht. Denn so konnte sie den beiden Menschen, die scheinbar in dem letzten noch nicht geputzten Büro ein Schäferstündchen genossen, noch etwas Zeit geben.

Später trat sie nochmals in das dunkle Büro, dabei

hörte sie keinerlei Geräusche, die auf die Anwesenheit von Personen hingedeutet hätten. Als sie den Lichtschalter betätigte und um die Ecke schaute, fand sie ihre Vermutung bestätigt. Das Büro war leer.

Zufrieden begann sie mit ihren Arbeiten. Der leichte Geruch nach Körperflüssigkeiten verwunderte sie nicht. Und nachdem sie ein gefülltes Kondom aus dem Papierkorb unter einem der Schreibtische herausgefischt und mit spitzen Fingern in ihren großen Restmüllbeutel fallen lassen hatte, versprühte sie auch hier einen kleinen Stoß Verbenen-Duft, bevor sie ihre Arbeit beendete.

Auch am nächsten Abend begann Madame Flavicaus wohlgemut ihre Arbeit.

Sie war erfüllt von ihrem Tag. Heute hatte sie einer neu angereisten Sippe, die ihre Wagenburg am Stadtrand auf der großen Wiese aufgebaut hatte, einen Besuch abgestattet. So tat sie es schon seit Jahren. Mit Vergnügen bot sie allen Neuankömmlingen an, ihren Kindern Schreiben, Lesen und Rechnen beizubringen. Und nicht nur das. Auch den Erwachsenen und erfahrenen Reisenden konnte sie helfen.

Madame Flavicaus war schon lange in der Stadt

sesshaft geworden. Eine der wenigen. Und so kannte sie sich bestens aus und war in der Lage, alle schnell mit den wichtigsten Gepflogenheiten vor Ort vertraut zu machen. Dazu gehörte, den Kontakt zu den wenigen wohlwollenen Vertretern der Behörden herzustellen. Aber auch Informationen über günstige Lebensmittelquellen wie beispielsweise Bauern zu verraten, die ein großes Herz für das fahrende Volk hatten. Dazu hatte sie noch Tipps zu Geschäften und Handwerksbetrieben, die die Arbeiten ihres Volkes besonders zu schätzen wussten und sich über eine vorübergehende Unterstützung gegen faire Bezahlung freuten.

Und, was sie nicht wissen konnte, aber was durchaus sehr wichtig war: Madame Flavicaus war für die Kinder ein Paradebeispiel dafür, dass man auch an einem Ort sesshaft und glücklich werden konnte und das unruhige Blut des fahrenden Volkes wenigstens zum Teil auch eine Legende war, die versuchte zu vertuschen, dass sie oft nicht freiwillig weiterzogen, sondern ganz einfach ausgestoßen und vertrieben wurden.

Ihre Pläne zauberten Madame Flavicaus ein Lächeln auf die Lippen, als sie durch die geöffneten Fahrstuhltüren ging, um in ihren Büroräumen zu putzen.

Wieder stieß sie mit der angespannten Dame vom Vortag zusammen, diesmal, als sie gerade mit dem Reinigen der Damentoilette fertig war.

Madame Flavicaus zuckte zurück. Dabei löste sich das Tuch, das sie locker um ihre kräftigen Haare geschlungen hatte. Es segelte lautlos auf den Schuh der Frau. Die schüttelte angeekelt ihren Fuß, so als ob sich eine riesige Spinne von oben abgeseilt hätte, um sich von dort aus daran zu machen, die Frau zu vertilgen. Das Tuch fiel auf den Boden und die Frau trat es zu Madame Flavicaus.

„Nehmen Sie Ihr stinkendes Tuch weg!", rief sie empört aus, drehte sich ohne eine Antwort abzuwarten um und verschwand in ihrem Büro.

Madame Flavicaus blieb irritiert stehen. Keine Minute später öffnete sich der Fahrstuhl, ein großgewachsener Mann trat heraus und ging zielstrebig, ohne sie auch nur wahrzunehmen, in das Büro, in dem kurz davor die Frau verschwunden war. Diese Beobachtung veranlasste sie, an diesem Abend das Büro als Letztes zu putzen.

„Wie schön mein Leben doch ist!", sagte sie sich, denn ihr tat die Frau leid, die so verhärmt und ungeliebt wirkte.

Der Abend hielt noch mehr Begegnungen für sie

bereit. Kaum öffnete sie die Tür der Gemeinschaftsküche, um dort sauber zu machen, sah sie einen riesigen Geschirrberg, der neben der Spüle stand. Daneben lag ein handgeschriebener Zettel.

AN DIE PUTZFRAU stand dort. DER GESCHIRRSPÜLER IST KAPUTT, ALSO ABWASCHEN.

Mehr nicht. Madame Flavicaus überschlug die Menge des Geschirrs und kam zu dem Schluss, dass es über eine weitere Stunde dauern würde, alles zu reinigen und zu verstauen.

Sie machte sich gleich daran. Gerade als sie fertig war, hörte sie hinter sich Schritte. Neugierig drehte sie sich um und überlegte, wer von den abendlichen Gästen es wohl sein könnte. Aber der Mann, der hinter einem hohen Berg von neuen schmutzigen Tellern auftauchte, war ihr völlig unbekannt.

„Das auch noch", sagte er nur, drückte Madame Flavicaus den Stapel in die Hände und verschwand.

Die Monate vergingen und Madame Flavicaus hatte an jedem ihrer Abende, an denen sie in den Büroräumen sauber machte, Begegnungen mit den unterschiedlichsten Mitarbeitern. Die einen spielten Karten, die anderen führten lange Privatgespräche mit ihrer Liebsten, die scheinbar im Ausland lebte, andere waren in Computerspiele versunken oder vergnügten sich zu zweit.

Die von ihr so herzlich begrüßte Sippe war schon längst an einen anderen Ort gezogen, und sie verbrachte ihre Tage wieder überwiegend alleine.

Jeder Abend brachte eine neue Überraschung, wie Erbrochenes im Papierkorb oder verschüttete Getränke auf Schreibtischen und Teppichen. Immer öfter spürte sie auch die ihr entgegenschlagende Verachtung und Ablehnung, wenn sie bei ihrem Tun die offensichtlich so fleißigen Mitarbeiter bei ihren Privatvergnügen störte.

Nur eines blieb immer gleich: Am nächsten Morgen sahen die Büros immer wieder aus, als ob nie etwas gewesen wäre.

Ihr Gemüt wurde von Tag zu Tag schwerer. Die unfreundlichen Begegnungen am Abend verfolgten Madame Flavicaus immer öfter in ihre Träume und ließen sie am nächsten Morgen wie gerädert aufwachen. Sie hatte das Gefühl, dass ihre Seele immer mehr dem Fliederbeerstrauch glich, der sich auf wundersame Weise an die Fassade des imposanten Wohnungskomplexes gegenüber ihrer Wohnung schmiegte.

„Wie sonderbar", dachte Madame Flavicaus das eine und andere Mal, wenn sie morgens auf ihrem winzig kleinen Balkon saß und versuchte, ein wenig der abnehmenden Wärme der Sonnenstrahlen einzufangen.

An diesem kastigen Bau aus Stahl und grauem Beton, der aussah wie aus einem Werbeprospekt für modernes Wohnen, wuchs ausgerechnet diejenige Pflanze, die von ihrem Volk seit Urzeiten verehrt und als heiliges Kraut für zahllose wunderwirkende Arzneien verwendet wurde. Dabei hätte sie dort zur Ergänzung der kühlen Fassade eher so etwas wie schlanken Bambus, Schachtelhalm oder in ordentlichen Beeten gepflanztes Ziergras zwischen grauen Kieseln vermutet.

Genau dieser Fliederbeerstrauch hatte im Laufe des Frühjahrs und Sommers seine tellerartigen Blüten und später kleine Früchte stolz und stark zur Sonne ausgerichtet und strebte ihr entgegen. Aber nach und nach wurden die einzelnen Beeren praller, sie färbten sich von einem lichten Rot schnell in ein tiefglänzendes Schwarz. Und irgendwann hingen die kleinen Früchte ganz trübe und schwermütig an den erschlaffenden Stängeln herab.

Es gab nur einen bedeutenden Unterschied zu Madame Flavicaus Gemüt: Die Beeren waren satt und prall, durch die wohltuende Sonne gereift. Unwiderstehlich in ihrem herben Geschmack und voll des Lebens, das sie in den letzten Monaten aufgesogen hatten.

Madame Flavicaus Seele hingegen wurde immer schwerer und schwerer und brachte sie dazu, ihren Kopf hängen zu lassen, weil die Dinge, die darin reiften und überhandnahmen, so schwer wogen wie der kühle, graue Beton des Gebäudes gegenüber.

„Wie schön mein Leben doch ist!", sagte sie sich das eine ums andere Mal, aber es war immer mehr aus Gewohnheit als aus dem Herzen heraus. Und ihr fielen von Tag zu Tag weniger Beispiele dafür ein.

Madame Flavicaus brauchte immer länger für ihre Arbeit. Oft war sie erst weit nach Mitternacht zu Hause.

Eines Nachts, als sich der Herbst seinem Ende zu neigte, konnte sie beim Aufschließen der Haustür einen leicht säuerlichen Geruch in der Luft wahrnehmen. Der Duft von überreifen Fliederbeeren. Sie drehte sich um und sah, wie die meisten der Früchte an dem modernen Haus gegenüber bereits vom Strauch auf den grauen Plattenweg gefallen waren. Sie konnte nur noch ein paar schwarze Punkte an der Pflanze sehen, deren pralle Schale im Licht der Laterne geheimnisvoll glänzte.

Sie zögerte kurz, dann lief sie über die menschenleere Straße und pflückte zunächst die Früchte, die noch an dem Strauch hingen, und sammelte sie im weiten Stoff ihres Kleides. Als sie damit fertig war, nahm sie auch die Beeren vom Boden auf und trug dann alles zusammen vorsichtig in ihre Wohnung. Dort wusch, sortierte und portionierte sie ihre Ernte und fror sie ein.

Am nächsten Morgen, sie schlief noch tief und träumte von dem nahenden Winter mit tiefem Schnee, wie sie es aus ihrer Kindheit kannte, da weckte sie das schrille Klingeln ihres Telefons.

„Madame?", kam eine tiefe Stimme vom anderen Ende.

„Ja!", erwiderte sie freundlich.

„Meine Liebe, ich bin von der Abteilung für zentrale Dienste der Firma, deren Büros Sie immer putzen."

„Ah, wie schön!"

Sie freute sich, denn seit der Nachricht, dass sie nur noch abends kommen sollte, hatte sie nie mehr etwas von ihrem Arbeitgeber persönlich gehört. Der einzige Beweis ihrer Verbindung waren die Büroschlüssel in den Taschen ihrer weiten Röcke und die monatlichen kargen Zahlungseingänge auf ihrem Konto.

„Madame, es tut mir ausgesprochen leid", sagte der Herr.

„Man hat sich wiederholt über Sie beschwert. Sie stören mit Ihrem Tun scheinbar die Konzentration unserer Mitarbeiter."

Ein Moment der Stille entstand, in dem Madame Flavicaus überrascht den Hörer von sich hielt und hineinschaute. Ganz so, als ob gleich ein kleiner Kasper an einer Feder herausgesprungen kommen würde, um zu sagen: „Das war ein Scherz, alles nur ein Scherz, ha, ha, ha, ha!"

Aber nichts dergleichen geschah.

Man sagte ihr großzügig zu, ihr trotz allem ein äußerst wohlwollendes Zeugnis auszustellen. Damit war für den Mann die Sache erledigt. Wenigstens fast. Zum Schluss bat er sie, bis zum Abend den Schlüssel beim Pförtner abzugeben, so dass die neu beauftragte Putzfrau ohne Schwierigkeiten ihre Arbeit verrichten konnte.

KAPITEL 2

Madame Flavicaus verschwendete nicht viel Zeit. Sofort warf sie sich ein großes, geblümtes Tuch über die Schultern und ging, so wie sie war, zum Zeitungskiosk um die Ecke. Sie erstand einen ganzen Stapel der regionalen Blätter, in denen es laut Kioskbesitzer vor Stellenanzeigen nur so wimmeln sollte.

Auf dem Rückweg zu ihrer Wohnung stieß sie fast mit einem Herren zusammen, den sie schon öfter aus dem modernen Haus gegenüber kommen sehen hatte.

„Madame, oh, verzeihen Sie bitte!", sagte der Mann höflich. Als sie ihm in die Augen sah, schenkte er ihr ein warmes Lächeln.

„Darf ich Ihnen tragen helfen?", fragte er und streckte ihr seine Arme entgegen, so dass sie ihre Zeitungen nur hätte hineinlegen brauchen.

Aber sie grüßte nur freundlich und eilte weiter. Sie durfte keine Zeit verlieren, denn ohne das bescheidene Gehalt von ihrer Putzstelle würde ihr am Monatsende Geld für Miete und Lebensmittel fehlen.

Die Wochen verstrichen, ohne dass Madame Flavicaus bei ihren Bemühungen, eine neue Stelle zu finden, Erfolge verzeichnen konnte.

Langsam wurde ihr das Geld knapp, und sie begann, in den umliegenden Geschäften zu fragen, ob jemand die Hilfe einer gesunden und starken Frau brauchte. Aber keiner konnte ihr eine Arbeit gegen Bezahlung geben. Die meisten Ladenbesitzer konnten kaum selbst von dem leben, was sie erwirtschafteten. Da sie Madame Flavicaus kannten und sehr schätzten, durfte sie bei ihnen anschreiben, so dass sie irgendwie weiter über die Runden kam.

An einem späten Nachmittag waren ihr Trübsal und ihre Sorge so groß, dass Madame Flavicaus sich in ihren gemütlichen Sessel setzte und ihr die Augen feucht wurden. Ein paar Mal blinzelte sie widerwillig, so als ob sie ihre Tränen damit am Fließen hindern könnte, aber sie bemühte sich vergebens. Nur wenige Augenblicke später war sie aufgelöst wie ein Häuflein Elend und beweinte sich und ihre Situation. Es dauerte eine lange Weile, dann gab sie sich einen Ruck.

„Jetzt ist aber Schluss!", schalt Madame Flavicaus sich. Sie stand mit noch immer schwerem Herzen auf, um sich ein großes Taschentuch zum Schnäuzen aus ihrem Schlafzimmer zu holen. Auf dem Weg öffnete sie alle Fenster, um die trübe Stimmung durch einen frischen Windhauch von draußen zu vertreiben.

Ihre Augen waren noch immer tränenverhangen. So konnte sie nicht sehen, wie im Haus gegenüber der freundliche Herr an seinem Fenster stand und zu ihr herüberlächelte.

Auch er öffnete sein Fenster, so, als ob er etwas zu ihr herüberrufen wollte, aber da hatte Madame Flavicaus sich schon abgewandt und war auf dem Weg zu der großen Holztruhe in ihrem Schlafzimmer. Dort bewahrte sie die Erinnerungsstücke ihrer Familie auf, wie die großen, buntbestickten Stofftaschentücher, die ihre Mutter ihr vermacht hatte.

Was der Herr auch nicht sehen konnte, war die kleine Stubenfliege, die den unbeobachteten Moment nutzte, um sich auf einen kleinen Ausflug zu begeben. Sie flog in einer rasanten Kurve aus seinem Fenster, taumelte dann kurz in der Luft, überrascht von dem plötzlichen Temperaturunterschied, fing sich und flog auf direktem Kurs in das Wohnzimmer von Madame

Flavicaus, wo sie es sich unverzüglich auf der Armlehne des gemütlichen Sessels bequem machte und mit ihren dünnen Beinchen ihre Flügel putzte.

Madame Flavicaus kramte derweil in ihrer Truhe nach den Taschentüchern. Und je länger sie suchte, desto mehr alte Erinnerungsstücke fielen ihr in die Hände. Sie ließen ihr Herz schwer werden.

Ein eingerolltes Stück Papier tauchte jetzt vor ihr auf. Sie öffnete das weiche Samtband, das darum geknotet worden war, und zog es auseinander. ZAUBERHAFTER PUNSCH stand dort zu lesen. Und darunter:

ZUTATEN
1 TASSE WASSER
1 TASSE FLIEDERBEERSAFT
1 TEELÖFFEL FENCHEL
1 TEELÖFFEL EISENKRAUT
1 STERNANIS
3 PRISEN MUSKATNUSS
1 PRISE ZIMT
1 PRISE VON ESMERALDAS SPEZIALPULVER

Zum Schluss las sie eine Anmerkung in einer etwas anderen Schrift, die den gestochen hohen Buchstaben nach zu urteilen von ihrer

Großmutter stammen musste.

MIT ETWAS GELIEBTEM ENTFALTET DER TRANK SEINEN VOLLEN ZAUBER. DEN SUD AUFKOCHEN, ABSEIHEN UND MIT HONIG SÜSSEN.

Es war ein altes Rezept, das sie aus ihrer Kindheit kannte und in den Jahren völlig vergessen hatte.

Sie legte es neben sich und kramte weiter in ihrer Vergangenheit. Als Nächstes zog sie ein kleines ledernes Beutelchen aus den Tiefen hervor, das an einem langen Band hing. Es war von ihrer Mutter. Die hatte es bis kurz vor ihrem Tode wie ein Juwel unter ihrer Kleidung an ihrem Herzen getragen. Erst auf dem Sterbebett zog sie es mühsam hervor und reichte es mit zittriger Hand an ihre Tochter weiter. Diese sah die Situation vor sich, als ob sie gerade erst geschehen sei.

„Rosina", sagte ihre Mutter damals. Sie lächelte schwach und hatte Tränen in den Augen. „Mit mir ist es jetzt vorbei. Nimm du mein Allerwertvollstes, was ich neben dir je hatte. Es ist ein Pülverchen, das ich selbst von Großmütterchen Esmeralda anvertraut bekam."

Sie machte eine Pause, griff Rosinas Hand und legte das Beutelchen hinein. Dann umschloss sie die Hand so fest sie konnte mit beiden Händen.

„Benutz es selten. Und mit Bedacht, wenn etwas besonders gut werden soll in deinem Leben."

Einen Atemzug tat sie noch, schloss dann sanft die Augenlider, um sie nie wieder zu öffnen.

Lange saß Madame Flavicaus an ihrem Bett, die Hand noch immer umschlossen von den erschlaffenden Händen ihrer Mutter. Erst als der Körper kalt wurde, zog sie das Beutelchen hervor und öffnete das stramm gezogene Lederband.

So viele Erinnerungen hatte sie an dieses besondere Schmuckstück ihrer Mutter. Schon ganz früh, so erinnerte sie sich, als ihre Mutter sie in dem grauen Blechbottich am Rande der Wagenburg sorgfältig badete, sah sie es immer direkt über sich am Hals ihrer Mutter baumeln und versuchte, danach zu greifen.

Auch später, als sie älter wurde und mit ihrem Volk durch unwirtliches Gelände zog, vom Land der Bauern vertrieben, aus den Städten verjagt, bewunderte sie stets, wie stolz ihre Mutter mit all der Verachtung und Zurückweisung umging und wie eine königliche Herrscherin trotz ihrer zerlumpten Kleidung allem trotzte, was ihr an Unheil und Widrigkeiten entgegenschlug. Am Hals stets das kleine Beutelchen, auf das sie wie im Reflex häufig fasste, wenn der Hass der anderen Menschen besonders schlimm war. So, als ob sie sich vergewissern wollte, dass das Gute an ihrem Herzen noch immer da war und sie alle beschützte.

Madame Flavicaus hängte sich das Beutelchen um ihren Hals und kramte weiter. Und tatsächlich, ganz unten fand sie die gesuchten Taschentücher. Sie griff sich eins und schnäuzte sich kräftig.

Ihre Beine taten langsam weh vom langen Hocken. Sie schichtete alles bis auf das Rezept, das Taschentuch und das Beutelchen wieder fein säuberlich übereinander. Dann schloss sie die Truhe.

Erst wollte sie das Rezept an ihren Kühlschrank hängen, doch das laute Brummen des Gefrierfaches erinnerte sie daran, dass sie zumindest einige der Zutaten für den Trank im Hause hatte. Sie öffnete alle Vorratsschränke nacheinander und glich deren Inhalt mit der Zutatenliste ab. Es war alles da. Bis auf den Fliederbeersaft. Und den konnte sie in Windeseile aus den eingefrorenen Beeren kochen.

Die Ablenkung tat Madame Flavicaus gut, und langsam verschwand ihre Schwermut. Zum Schluss nahm sie sich ein Herz und streute zum ersten Mal in ihrem Leben eine Prise aus dem Beutel ihrer Mutter in den Punsch. Das Getränk verströmte einen wohlig-würzigen Geruch in der Wohnung. Es füllte die Räume mit einem Hauch von Vertrautheit, Familie und Wärme.

Gerade, als sie fertig war, hörte sie ihr Telefon läuten.

KAPITEL 3

„Spreche ich mit Madame Flavicaus?"

Die Stimme des Mannes kam ihr entfernt bekannt vor.

„Aber natürlich!", antwortete sie herzlich.

„Hier spricht der Pförtner!"

Sie war irritiert.

„Wissen Sie? Von Ihrer alten Arbeitsstelle."

„Aber natürlich", Madame Flavicaus hatte jetzt in ihrem Kopf das passende freundliche Gesicht zu der Stimme.

„Madame, eine dringliche Angelegenheit. Könnten Sie kommen? Ich bitte Sie nur ungern, denn ich weiß, was man mit Ihnen tat. Ihre Nachfolgerin steht hier in Tränen aufgelöst und braucht eine Anleitung, weil sich die Mitarbeiter schon über sie beschweren. Könnten Sie? Mir fiel nichts anderes ein, und das arme Ding ist völlig außer sich."

„Aber natürlich!", versicherte Madame Flavicaus ihm, löschte das Licht und war schon fast aus dem Haus, als ihr der frischgekochte Punsch wieder einfiel. Sie eilte in die dunkle Küche, griff ihre blecherne Isolier-Kanne, nahm eine Schöpfkelle vom Haken, füllte zielsicher etwas von dem frischen Trank ab und steckte ihn ein.

Was sie nicht sehen konnte, war die kleine schwarze Stubenfliege, die gerade auf dem Trank gelandet war, um an ihm zu naschen.

Mit zerzaustem Haar von der Fahrt auf ihrer Kreidler, stand sie kurz darauf vor dem Pförtner. Er öffnete ihr die Tür und fuhr mit ihr in die vertraute Büroetage.

Kaum öffneten sich die Fahrstuhltüren, da sah Madame Flavicaus ein zusammengesunkenes Häufchen neben dem Putzwagen im Gang kauern.

Der Pförtner zeigte ratlos auf die Szene.

„Bitte, vielleicht können Sie ja helfen?"

Sie nickte freundlich. Mit dankbarem Blick verabschiedete er sich und war schon verschwunden.

Madame Flavicaus bückte sich und fasste der Frau sanft an die Schulter.

„Entschuldigung?", flüsterte sie vorsichtig. „Darf ich mich zu Ihnen setzen?"

Sie meinte, eine gemurmelte Zustimmung zu hören, und nahm neben ihrer Nachfolgerin Platz.

Einige Minuten war es still. Sie wollte die Frau nicht drängen. Also zog sie ihre blecherne Isolier-Kanne hervor und schraubte den Deckel ab. Sofort strömte ein herber, würziger Duft aus dem Behälter. Vorsichtig reichte sie das warme Getränk der Gestalt neben sich.

„Bitte, nehmen Sie einen Schluck. Das hilft!", bot sie ihr an.

Die Frau hob ihren Kopf und warme, dunkle Augen blickten Madame Flavicaus an. Dann griff sie sich den Becher und probierte. Sofort breitete sich ein genießerischer Ausdruck auf ihrem Gesicht aus.

„Warum sind Sie so nett zu mir?", flüsterte sie nach den ersten Schlucken.

Madame Flavicaus lächelte nur und ermunterte sie, auszutrinken.

„Es gibt hier eine Mitarbeiterin, die ist so grausam", setzte die Frau nach dem letzten Schluck an zu erzählen.

„Sie vergnügt sich Abend für Abend mit einem Mann in den Büros, und ich muss hier so lange bleiben, bis die beiden fertig sind, und die Spuren entfernen. Dabei soll ich eigentlich nur zwei Stunden putzen und habe eine Familie, die zu Hause auf mich wartet und mich braucht."

Madame Flavicaus nickte nur wissend.

„Und heute", schniefte die Frau, „heute, da dachte ich, ich beginne gleich in der Damentoilette und putze alle anderen Räume, bevor ich vor ihrem Büro warte. Aber als ich die Tür öffnete, da kam sie aus einer der Kabinen gesprungen und hat mich verjagt. Ich weiß nicht, was ich tun soll! Alles, was ich mache, ist falsch, und die Mitarbeiter haben sich über die Störungen durch mich schon beschwert. Ich brauche den Job. Ich brauche das Geld. Ich habe drei Kinder."

Einen Augenblick überlegte Madame Flavicaus, dann machte sie der Frau einen Vorschlag.

„Bleiben Sie hier sitzen und trinken noch einen Schluck. Das wird Ihnen gut tun. Ich übernehme heute die Arbeit für Sie und spreche auch mit der Dame aus dem Büro."

Zuversichtlich klopfte Madame Flavicaus ihr auf die Schulter.

„Das wird schon wieder", sagte sie noch und schob dann schnurstracks das Putzwägelchen zu dem besagten Büro.

Als sie die Tür öffnete, war sie überrascht. Heute brannte Licht und ein etwas unangenehmer Geruch hing in der Luft.

„Hallo?", fragte sie vorsichtig und tat einen Schritt

in den Raum.

Sie wollte gerade um die Ecke schauen, da hörte sie ein barsches: „Hauen Sie ab. Machen Sie Ihre blöde Arbeit woanders."

Madame Flavicaus wich zurück in den Flur und schloss leise die Tür hinter sich.

Sie machte sich emsig an die Reinigung der anderen Büros. Ihre Nachfolgerin hockte noch immer im Gang. Aber inzwischen hatten ihre Wangen eine rosige Farbe angenommen, und jedes Mal, wenn Madame Flavicaus an ihr vorbeiging, lächelte die Frau sie dankbar an.

Zum Schluss blieben ihr nur noch die Damentoilette und das Büro der Frau. Aber bevor sie dort einen zweiten Versuch startete, wollte sie die WCs reinigen. Eine wunderbare Gelegenheit, wie sie fand, um sich Gedanken darüber zu machen, was sie der unfreundlichen Mitarbeiterin sagen könnte.

Im Müllbehälter in der linken Kabine machte sie eine ungewöhnliche Entdeckung. Und das auch nur, weil sie beim Ausschütten des Behälters in ihren großen, blauen Müllsack kurz stopfen musste, damit wieder etwas Platz darin war.

Da lag er: ein länglicher schmaler Streifen Plastik mit zwei rosafarbenen Balken.

Überrascht trat sie auf den Gang.

„Gute Frau", fragte sie die neue Putzfrau, die sich inzwischen wieder gefangen hatte.

„Aus welcher der Kabinen hatten Sie vorhin die unfreundliche Mitarbeiterin hören können?"

Die Frau überlegte kurz.

„Die linke Tür war es. Ja, so muss es sein, denn die anderen waren nur angelehnt."

Madame Flavicaus nickte nur wissend und bat um die Isolier-Kanne mit dem restlichen Punsch. Sie verschwand in Richtung des Büros, in dem die unfreundliche Mitarbeiterin war.

Jetzt wurde ihr langsam etwas klar. Die Reste von Erbrochenem im Papierkorb abends, der säuerliche Geruch, die Schäferstündchen mit dem heimlichen Besuch. Scheinbar hatten die Kondome ihren Zweck zumindest eines der Male nicht erfüllt.

Diesmal ließ sich Madame Flavicaus nicht von den unfreundlichen Worten der Frau abwimmeln, als sie ins Büro trat. Sie ging direkt um die Ecke und war erschrocken, ein verweintes Häuflein Elend vor sich zu sehen, das so überhaupt nicht zu den harschen Worten passte, die aus ihrem Mund gekommen waren.

Die Frau wirkte hager und kühl. Ihre streng zurückgebundenen langen Haare unterstrichen den abweisenden Eindruck, den sie machte.

„Er will Sie nicht mit dem Baby?", fragte sie vorsichtig.

Die Frau schluchzte laut und nickte.

„Das Schwein. Er sagt, er kann seine Frau doch nicht verlassen. Jetzt plötzlich. Und vorher hat er mir das Blaue vom Himmel versprochen, damit ich mich hier mit ihm treffe. Ich habe geglaubt, er liebt mich wirklich!"

Madame Flavicaus öffnete ihre Kanne und füllte den Becher voll mit ihrem restlichen Punsch.

„Trinken Sie", forderte sie die Mitarbeiterin auf.

„Es wird Ihnen gut tun."

Dann ergänzte sie stolz: „Es ist ein altes Rezept aus meiner Familie."

Die Frau streckte ihre Hand etwas vor und griff nach dem Becher. Dann nahm sie ein paar kräftige Schlucke und verzog angeekelt das Gesicht.

„Ihhh!", rief sie aus. „Wollen Sie mich vergiften? Was ist denn das für ein widerliches Gebräu?" Sie spuckte das, was sie noch nicht heruntergeschluckt hatte, zurück in den Becher, und Madame Flavicaus konnte gerade noch verhindern, dass sie alles zusammen in den Papierkorb neben sich schüttete. „Hauen Sie ab! Lassen Sie mich in Ruhe mit Ihrem giftigen Zaubertrank!"

„Pardon!", brachte diese nur hervor, nahm enttäuscht ihre Sachen und verschwand aus dem Büro.

Im Gang griff sie sich ihre Nachfolgerin. Deren Gemütszustand hatte sich in den letzten Minuten sichtlich weiter gebessert. Freudig lächelnd folgte sie dem Rat von Madame Flavicaus, für heute ihre Arbeit zu beenden und gleich früh am nächsten Morgen bei ihrem Dienstherren Bericht zu erstatten, um der zu vermutenden erneuten Beschwerde der Mitarbeiterin zuvorzukommen.

Madame Flavicaus war erst spät wieder in ihrer Wohnung. Sie machte Licht und setzte sich erschöpft in ihren gemütlichen Sessel.

„Wie schön das Leben doch ist", sagte sie sich leise. Aber sie konnte spüren, dass die Worte ihr Herz nicht erreichten. Einen Moment verharrte sie verzagt und bemühte sich, die schönen Dinge in ihrem Leben zu spüren. Aber es gelang ihr nicht.

Da fiel ihr der Topf mit dem Punsch auf dem Herd

ein. Nur ein kleiner Teil hatte in die Isolier-Kanne gepasst, und es war noch genügend da, um sich selber ein Urteil über dessen Geschmack zu bilden.

Sie wollte sich gerade mit der Kelle eine Tasse schöpfen, da sah sie, dass eine kleine Stubenfliege auf der Oberfläche schwamm und dabei ganz erbärmlich mit den Beinen strampelte. Sie musste schon länger dort kämpfen, denn ihre Bewegungen wirkten erschöpft und verzweifelt. Sofort nahm sie einen Holzlöffel, fischte das kleine Tier aus der noch immer warmen Flüssigkeit und setzte es auf ein frisches Geschirrtuch, damit es sich in Ruhe von seinem Missgeschick erholen konnte. Den Topf bedeckte sie sofort mit einem schweren Deckel.

„Tut mir leid, du kleines Tier!", sagte sie und trug die Fliege auf dem Tuch in der einen Hand, die vollen Tasse in der anderen, zu ihrem Sessel.

Sie vermutete, dass die Stubenfliege schon seit Stunden ihren Kampf gegen das würzige Gebräu ausfocht, und hoffte das Beste für ihren Gast.

Madame Flavicaus machte es sich gemütlich und probierte ihren Trank. Der Punsch schmeckte für sie noch weit wunderbarer, als er roch. Fruchtig, würzig und mit einer leicht weihnachtlichen Note durch den Zimt und den Anis. Schon gleich nach dem ersten Schluck ging es ihr besser. Und als sich kurz darauf die kleine Fliege munter von ihrem neuen Rastplatz auf der Armlehne erhob und eine Erkundungstour durch ihre Wohnung startete, da wurde ihr ganz warm ums Herz.

Nach ein paar weiteren Schlucken schlief sie direkt auf ihrem Sessel zufrieden ein.

Am nächsten Morgen wachte Madame Flavicaus so beschwingt und sorgenfrei auf wie schon lange nicht mehr. Sie reckte und streckte sich und beobachtete glücklich die kleine Fliege, die neben ihr auf der Armlehne geruht haben musste und jetzt emsig ihre kurzen Fühler putzte.

Sie nahm noch einen Schluck von ihrem zauberhaften Punsch und startete energiegeladen in den Tag.

In der Mittagszeit klingelte ihr Telefon.

„Madame!", erklang eine freundliche Frauenstimme am anderen Ende. Es war ihre Nachfolgerin. „Ich muss mich tausend Mal bei Ihnen bedanken. Dieser Punsch hat wirklich Wunder bewirkt!"

Bei ihren Worten lachte sie ausgelassen. „Was haben Sie denn dort hineingetan?", fragte sie verschwörerisch.

„Oh, eigentlich nicht viel. Das werden die guten Vitamine aus den Fliederbeeren sein. Die stärken Körper und Seele!", freute sich Madame Flavicaus mit der Anruferin.

Am anderen Ende wurde kräftig Luft geholt, und dann sagte die Frau: „Und Sie werden es nicht glauben! Man hat sich nicht über mich beschwert!"

„Wie schön für Sie!"

Madame Flavicaus nickte zufrieden vor sich hin. Sie wusste nicht, ob es an ihrer guten Tat lag oder wirklich an dem Punsch, aber ihr ging es plötzlich auch erstaunlich gut.

Ausgelassen plauderte sie mit ihrer Nachfolgerin, bis die beiden ein Klingeln an der Tür unterbrach. Sie konnte das schrille Geräusch für einen Augenblick gar nicht richtig zuordnen. So selten bekam sie Besuch in ihrer kleinen Wohnung.

Madame Flavicaus nahm der Anruferin noch das Versprechen ab, sich zu melden, falls es doch noch Probleme mit den Büromitarbeitern geben sollte. Dann beendete sie das Gespräch, warf sich ihr geblümtes Tuch um die Schultern und ging beschwingt und leise summend zur Tür.

„Ja, bitte?", fragte sie neugierig in die Gegensprechanlage.

„Guten Tag!", hörte sie eine stark verzerrte Frauenstimme. „Ist da die Putzfrau aus dem Büro im West-End?"

„Nein, leider nein", antwortete Madame Flavicaus und fügte in Gedanken hinzu: „Aber, das war ich mal."

„Aber ...? Man gab mir dort in der Abteilung für Gebäudemanagement diese Adresse."

„Das kann schon sein ...", lenkte Madame Flavicaus ein.

„Aber ich erkenne doch Ihren Akzent!", stellte die Frau fest.

Madame Flavicaus schwieg. Irgendwie kam ihr die Stimme entfernt bekannt vor. Aber durch die Gegensprechanlage klang sie merkwürdig verzerrt.

„Lassen Sie mich hinein!", forderte die Frau.

„Bitte!", fügte sie nach einer kurzen Pause hinzu, wobei sie überhaupt nicht bittend klang. Dann schob sie hinterher: „Ich brauche Sie!"

Da hatte Madame Flavicaus Mitleid mit der Frau und drückte entschlossen auf den Türöffner.

Kurz darauf hörte sie im Erdgeschoss ein Klappern, gefolgt von zunächst schnellen Schritten auf der Holztreppe, die von Etage zu

Etage langsamer wurden.

Einige Minuten später tauchte das verkniffene Gesicht der unfreundlichen Mitarbeiterin vor ihr auf, mit der sie am Abend zuvor diese merkwürdige Begegnung hatte.

„Gibt es hier denn keinen Fahrstuhl?", beschwerte sie sich gleich, als sie Madame Flavicaus in der Wohnungstür stehen sah, und nahm schnaufend die letzten Stufen.

Madame Flavicaus sparte sich eine Antwort. Denn die war offensichtlich.

Sie öffnete die Tür weit und ließ die Dame hinein. Mit gerümpfter Nase schaute ihr Gast sich in ihrem kleinen Reich um und schnüffelte in der Luft.

Unbeirrt führte Madame Flavicaus sie an ihren Esszimmertisch und bat sie, Platz zu nehmen.

„Was führt Sie zu mir?", fragte sie, noch immer neugierig und beschwingt.

Die Frau blickte sich zunächst noch einmal kritisch um, bevor sie sich Madame Flavicaus zuwendete.

„Ihr Getränk!", sagte die Frau.

Nicht mehr und nicht weniger.

Zwischenzeitlich hatte die kleine Stubenfliege ihre

Erkundungstour durch die Wohnung beendet und ließ sich vertrauensvoll mitten auf dem Esstisch nieder. Genau zwischen den beiden Damen.

Die Frau fixierte das kleine Tier, holte blitzschnell aus und schlug mit der flachen Hand auf den Tisch. Genau dort, wo die Fliege zuvor gesessen hatte. Madame Flavicaus zuckte erschrocken zusammen. Dann sah sie einen kleinen schwarzen Punkt, der sich durch die Luft in Richtung ihres gemütlichen Sessels bewegte. Sie entspannte sich. Und als die fremde Frau ihre Hand wieder von der Tischplatte hob, konnte sie feststellen, dass sie richtig gesehen hatte. Ihr kleines Haustier war entwischt.

Fragend schaute sie ihren Besuch an.

„Scheiß Ding, sagen Sie mal, wohnen Sie etwa auf dem Bauernhof? Zu dieser Jahreszeit Fliegen? Tsss!", empörte sie sich.

Madame Flavicaus schwieg.

„Warum ich gekommen bin ...", setzte die Frau an. „Ihr Punsch ..."

Madame Flavicaus schaute sie ruhig an und studierte die harten Gesichtszüge.

Nervös spielte die Frau mit ihren Händen auf der Tischplatte, bevor sie fortfuhr: „Irgendetwas war damit. Ich fand, er schmeckte widerlich, aber danach ging es mir trotzdem besser. Ich fühlte mich so gut. Und so sorgenfrei. Mein ganzes Elend war vergessen. Der Mann, mein Liebeskummer ... Haben Sie noch davon?"

Einen Augenblick wägte Madame Flavicaus ab. Natürlich hatte sie noch. Und zwar reichlich. Aber es war eine kleine Fliege darauf gelandet und so, wie die Dame zu ihrem Haustier stand, konnte sie sich vorstellen, dass diese doch nicht so begeistert sein würde, davon weiter zu trinken.

Sie zuckte unentschlossen mit den Schultern.

„Ich bitte Sie!"

Madame Flavicaus rang sich durch und holte der Dame einen vollen Becher aus der Küche. Die Frau griff ihn gierig, trank ihn in einem Zuge aus, verzog dabei zwar angeekelt das Gesicht, lehnte sich letztendlich aber zufrieden zurück. Sie griff in ihre Handtasche und zog ein edles Notizbuch hervor.

„Wie lautet das Rezept?", fragte sie. Dabei drehte sie ein teuer aussehendes Schreibgerät ungeduldig zwischen den Fingern.

Madame Flavicaus dachte nach. Aber nur kurz, dann sagte sie mit fester Stimme: „Ich kann es Ihnen nicht geben."

Die Frau guckte sie ungläubig an.

„Was soll denn das?", fragte sie in einem Tonfall, der vermuten ließ, dass sie Widerspruch nicht gewohnt war.

„Geben Sie mir das Rezept. Ich will den Punsch selber kochen!", forderte die Frau harsch.

Doch plötzlich bemerke Madame Flavicaus eine Veränderung an ihr. Ihre Gesichtszüge wurden weicher, die Haut bekam mehr Farbe und einen rosigen Glanz.

„Es tut mir leid, das Rezept beinhaltet mindestens eine Zutat, die Sie nicht erwerben können. Aber ...", Madame Flavicaus überlegte kurz, „ich sehe, Sie sind in einer misslichen Situation. Ich könnte Ihnen den restlichen Punsch abfüllen, so dass Sie zunächst versorgt sind."

Zum ersten Mal lächelte die Frau sie an. Es war ein echtes Lächeln, nicht nur mit dem Mund, sondern mit ihrem ganzen Gesicht. Sogar ihre Augen strahlten.

„Abgemacht!", rief die Frau erfreut und stand auf. Etwas ungeduldig drängte sie Madame Flavicaus, ihr die begehrte Ware umzufüllen. Beide gingen in die Küche und die Frau stellte sich ganz dicht hinter Madame Flavicaus, während diese schnell ein paar Glasflaschen heiß ausspülte und den Punsch mit der Schöpfkelle vorsichtig umgoss. So dicht, dass Madame Flavicaus jedes Mal, wenn ihr auch nur ein Tropfen drohte, neben die enge Öffnung der Flasche zu fallen, ein scharfes Einatmen hinter sich hörte.

Schwer bepackt machte sich die Frau von dannen. Madame Flavicaus ließ sich wieder in ihren Sessel fallen. Als sie ihren Blick hob, da sah sie, wie am Fenster im Haus gegenüber dieser Mann stand und sie freundlich anlächelte. Sie winkte ihm vorsichtig zu und senkte dann schüchtern ihren Blick.

„Wie schön mein Leben doch ist!", sagte sie sich und freute sich über das warme Lächeln, dass sie durch das Fensterglas und über die Straße hinweg zu spüren meinte.

Dann fiel ihr die kleine Fliege wieder ein, die auf dem Trank gelandet war. Hätte sie der fremden Frau etwas sagen sollen? Während sie überlegte, ob sie das Richtige getan hatte, fiel sie in einen wohligen Dämmerschlaf.

KAPITEL 4

Die Wochen vergingen und die Tage wurden immer kürzer. Draußen fror es bereits, und die roten Ziegel der Häuserdächer waren mit einer dichten Schicht Raureif überzogen. Langsam kam Madame Flavicaus nicht mehr drum herum, in ihrer Wohnung zu heizen. Doch sie wusste: Ihr fehlte das Geld, um die Rechnung dafür zu zahlen.

So zog sie immer mehr Kleidungsstücke übereinander an, studierte jeden Morgen die Zeitung nach neuen Stellen und nahm dann den Tag hinüber eine Absage nach der anderen entgegen.

Dabei wurde sie immer trübsinniger und blasser. Eines Morgens sagte sie sich: „Jetzt reicht es mir aber mit dem Trübsalblasen!", und beschloss, mal wieder einen Ausflug zu der Wiese am Stadtrand zu machen, auf der ihresgleichen oft campierten.

Als sie dort ankam, war sie enttäuscht: Die Wiese war leer. Das Gras war schon braun und steif gefroren. An dem Boden konnte sie erkennen, dass hier lange niemand sein Lager aufgeschlagen hatte.

„Wie sonderbar …", sagte sie zu sich und guckte sich das große Feld genauer an.

Da sah sie ganz im äußersten Winkel, zwischen den hohen Weiden, große Maschinen metallisch glänzen. Sie raffte ihre Röcke und schritt neugierig über das hartgefrorene Gras in Richtung der Bäume. Erst als sie ganz nah dran war, konnte sie erkennen, worum es sich handelte. Es war eine ganze Reihe von Baugeräten, die dort fein säuberlich abgestellt worden waren. Sie trat noch näher heran und betrachtete die verschiedenen Fahrzeuge. Ein Bagger, eine Planierraupe und einen Presslufthammer konnte sie auf Anhieb bestimmen. Von der Baggerschaufel kam auch der metallische Glanz, der sie auf die Geräte aufmerksam gemacht hatte.

Ganz hinten waren meterhohe Schilder in einer durchsichtigen Folie an die Baugeräte gelehnt. Madame Flavicaus legte den Kopf schief, um den aufgedruckten Text zu lesen. Sie pfiff durch die Zähne. EXKLUSIVE LOFTS UND STUDIOS stand dort. Das sah ganz danach aus, als ob hier etwas Größeres entstehen sollte. Madame Flavicaus schritt um die Ansammlung von Arbeitsmaschinen und sah, dass sie kaum Furchen im Untergrund hinterlassen hatten. Sie standen noch nicht lange hier. Denn der Boden war erst seit ein paar Tagen hart gefroren.

Wieder einmal dachte sie an ihr Volk und überlegte, warum sich so lange keiner hier niedergelassen hatte. Eine Antwort auf die Frage erhielt sie schneller als vermutet.

„Madame!", hörte sie eine kräftige Stimme von Weitem. Sie drehte sich in Richtung des Rufers. Eine Gruppe von Männern in Jeans und dicken Winterblousons kam über die Wiese zügig auf sie zu.

„Was machen Sie denn da? Das ist Eigentum der Stadt!"

Madame Flavicaus schaute sich den Trupp im Näherkommen genauer an. Sie schaute in die Gesichter. Aber keines kam ihr bekannt vor.

„Ich war nur neugierig. Keine Sorge!", rief sie den Herren entgegen. „Was passiert denn hier?"

Der Mann, der sie angesprochen hatte, ergriff das Wort.

„Wir bauen hier einen neuen Wohnpark", erklärte er. Dabei hob er seinen rechten Arm und machte eine ausladende Geste über die ganze Fläche. „Die Zinsen stehen gut und die Menschen wollen ein Eigenheim. Zentrumsnah und trotzdem im

Grünen."

„Und was ist mit dem fahrenden Volk?", fragte Madame Flavicaus den Sprecher ganz direkt.

Der überlegte nicht lang. Er taxierte Madame Flavicaus Äußeres und sagte freundlich lächelnd: „Die wissen Bescheid! Hier wird ab nächster Woche gebaut. Da ist kein Platz mehr."

„Und wo dürfen meine Leute jetzt campieren?", hakte Madame Flavicaus interessiert nach.

„Das weiß ich nicht."

Der Mann schaute Madame Flavicaus erstaunt an.

„Hier zumindest nicht mehr. Das ist doch klar."

Bei seinen Worten guckte er wie um Bestätigung heischend in seine Runde von einer Hand voll Männern, die mit ihm gekommen waren.

„Madame, gehen Sie jetzt bitte. Wir müssen mit der Vermessung beginnen."

Er nickte Madame Flavicaus zu und rief seine Männer zu sich, um ihnen genauere Anweisungen für die Arbeit zu geben. Jetzt sah sie auch, dass einige von ihnen kleine Apparate auf langen Stativen trugen, fast so wie Foto- oder Filmkameras.

Die Herren bildeten einen Kreis, aus dem sie ausgeschlossen wurde. Nachdenklich machte sich

Madame Flavicaus auf den Rückweg.

Zu Hause griff sie als Erstes zum Telefon und erkundigte sich bei der Stadtbehörde, welche Ersatzfläche man ihresgleichen zukünftig bot. Vielleicht war dort ja auch schon eine Sippe, von der sie noch nichts wusste. Menschen, die ihre Hilfe benötigten und die ihr im Gegenzug das Gefühl von Heimat und Zugehörigkeit geben konnten. Aber der Mann, den sie am Apparat hatte, war ratlos. Er wusste von keiner Ausgleichsfläche.

Am Tag darauf beschloss Madame Flavicaus aufgrund ihrer misslichen beruflichen und dadurch auch finanziellen Lage, dass sie ihre Stimmung etwas aufhellen musste. Sie machte sich daran, erneut einen Topf mit ihrem zauberhaften und winterlich duftenden Punsch zu kochen. Dazu taute sie einen Teil der gefrorenen Fliederbeeren auf, gab nach und nach die weiteren Zutaten dazu und suchte dann das Beutelchen ihrer Mutter. Aber sie fand es nicht. So sehr sie sich auch versuchte daran zu erinnern, wo sie es hingelegt hatte. Also ließ sie die Prise des geheimnisvollen Pulvers notgedrungen weg.

Mit dem noch siedend heißen Trank in der Tasse setzte sie sich in ihren Sessel und kuschelte sich tief in das Polster. Der Duft des Getränkes strömte aus dem Becher und erfüllte die Umgebung mit einer würzig-süßlichen Note. Es roch ein wenig nach Winter und Schnee. Madame Flavicaus schrieb das den Anteilen von Zimt und Anis zu. Sie hielt ihre Augen geschlossen und genoss es, die einzelnen Gewürze eins nach dem anderen aus dem Getränk herauszuriechen.

Dann nahm sie den ersten Schluck. Der Punsch schmeckte wieder köstlich. Langsam ließ sie die Flüssigkeit über ihre Zunge streichen und schmeckte die süße Note des Honigs, die Säure der Beeren, einen klitzekleinen Hauch von etwas Bitterem, der so fein war, dass er das Getränk bereicherte, und dann noch etwas Würziges, wie eine Prise Salz.

Sie trank die erste Tasse langsam aus und holte sich dann einen zweiten Becher. Auch diesen trank sie langsam und erwartete freudig die Leichtigkeit, die sie beim letzten Mal umhüllt hatte, nachdem sie von ihrem Punsch getrunken hatte.

Sie wartete. Und wartete.

Ab und zu meinte sie, einen Anflug von Leichtigkeit in ihren Gedanken zu spüren, und begrüßte ihn so begeistert wie ihr nur möglich war. Aber er setzte sich nicht fest, sondern zog weiter und ließ wieder den anderen trüben

Gedanken viel zu viel Platz.

„Wie sonderbar", sagte sie zu sich und trank noch einen weiteren Becher. Doch der erwartete Stimmungsumschwung blieb aus. Madame Flavicaus erinnerte sich daran, dass sie das Pülverchen von Großmutter Esmeralda nicht hatte finden können. Diese Zutat musste es sein, die den Punsch so zauberhaft machte. Anders konnte sie es sich nicht erklären, dass ohne diese Beigabe die erhoffte beschwingende Wirkung ausblieb.

KAPITEL 5

Es war der darauffolgende Sonntag, als sie von dem wiederholten Schrillen ihrer Türklingel aus einem kurzen und unruhigen Mittagsschlaf gerissen wurde. Erst wollte sie das penetrante Geräusch ignorieren, aber die Klingel wurde immer wieder aufs Neue betätigt, so dass bei ihr der Eindruck entstand, es handele sich um ein absolut dringliches Anliegen.

Sie schlurfte, noch nicht ganz wach, zu ihrem Türöffner und hielt ihn auch dann noch verschlafen gedrückt, als sie schon Schritte auf der alten Holztreppe hörte. Kurz darauf kam keuchend und schnaubend ihr Besucher um den Treppenabsatz in ihr Blickfeld. Es war die Frau, der sie bei ihrem letzten Besuch ihren ganzen Punsch mitgegeben hatte.

„Madame", grüßte sie atemlos, noch bevor sie die letzte Stufe erklommen hatte, „wie gut, dass Sie daheim sind!"

Das fand Madame Flavicaus zwar weniger, sie wäre viel lieber bei irgendeiner Arbeit gewesen, die ihr ein sicheres Einkommen versprach, oder im Kreise ihrer Sippe, die bis vor Kurzem noch Rast am Stadtrand machen durfte. Trotzdem widersprach sie nicht, nickte höflich und bat ihren Besuch herein.

Die Frau drängte sich ungeschickt an ihr vorbei in die Wohnung, wobei Madame Flavicaus sofort die deutlich sichtbare Wölbung unter dem dickwattierten Wintermantel auffiel. Schnaubend ließ sie sich in Madame Flavicaus Sessel fallen und streckte alle Viere von sich.

„Madame!", begann sie noch einmal. „Sie sind eine Zauberin."

Madame Flavicaus lehnte sich an das Wohnzimmerfenster und schaute die Dame fragend an.

„Sie glauben nicht, was in den letzten Monaten passiert ist, seit ich von Ihrem Trank bekommen habe."

Madame Flavicaus betrachtete ihren Gast genauer. Die Frau sah viel besser aus, als sie sie in Erinnerung hatte. Ihre Gesichtszüge waren weicher, die langen Haare trug sie nicht mehr streng zurückgebunden, sondern jetzt fielen sie in weichen Wellen um ihr rosiges Gesicht. Ihre Augen glänzten.

Die Frau öffnete ihren Mantel leicht. Neben dem

kleinen Bauch, den sie stolz streichelte, sah Madame Flavicaus, dass die Dame eine goldene Kette trug. Am Ende baumelte ein glitzernder Anhänger in Herzform.

„Madame, Ihr Punsch hat mein gesamtes Leben verändert", begann die Frau zu erzählen.

„Gleich, nachdem ich genug davon hatte, bin ich zu dem Mann gegangen, der mir dieses Geschenk gemacht hat." Bei ihren Worten strich sie wieder sanft über die Wölbung in ihrer Körpermitte.

„Ich habe ihm einfach einen Becher Punsch erwärmt und an seinen Schreibtisch gestellt. Kaum war die Tasse leer, ging auch mit ihm eine wunderbare Verwandlung los. Er begann zu reden. Von seinen Ängsten, von seiner Frau, von der er sich nicht traute, sich zu trennen, von seiner Angst vor den finanziellen Belastungen, die eine Scheidung mit sich bringen würde. Dann habe ich ihm einen zweiten Becher Punsch erwärmt."

Sie machte eine kurze Pause und drehte verträumt an einem Ring, den sie um den Zeigefinger trug.

„Als er ausgetrunken hatte, kniete er vor mir nieder. Er hat mir einen Heiratsantrag gemacht!"

Die Frau präsentierte stolz ihren Ring, in dem sie

ihre Hand weit zu Madame Flavicaus streckte, so dass diese den Verlobungsring bestaunen konnte. Er glitzerte und funkelte wie tausend Diamanten.

„Seine Überzeugung hielt in der letzten Zeit so lange an, wie ich ihm immer wieder ein wenig von dem Punsch gab in den vergangenen Monaten. Ich dachte, er wäre so weit, ein neues Leben mit mir zu beginnen. Aber dann ging mir Ihr Trank zur Neige."

Sie stockte in ihrem Redefluss.

„Und plötzlich plagen ihn wieder Zweifel. Bitte, geben Sie mir Ihr Rezept! Ich flehe Sie an."

Madame Flavicaus überlegte einen Augenblick, aber dann wiederholte sie ihre Antwort auf die Bitte, die die Frau bei ihrem Besuch zuvor schon ausgesprochen hatte. Sie dachte dabei an den winzigen Rest des Pulvers, das ihre Mutter so lange am Herzen getragen hatte und von dem ihr nur ein minimaler Rest geblieben war, von dem sie nicht mehr wusste, wo er in ihrer Wohnung war. Sie schüttelte den Kopf.

Die Frau erhob sich und begann nun, wo sie nicht das bekam, was sie sich erhofft hatte, Madame Flavicaus zu beschimpfen. Aufgebracht verließ sie die Wohnung und schlug hinter sich die Tür zu.

Madame Flavicaus blieb verwirrt zurück. Hatte sie

das Richtige getan? Hätte sie der Frau helfen sollen? Zweifel plagten sie, und sie beschloss, einen kleinen Spaziergang durch die Kälte zu machen, um einen klaren Kopf zu bekommen.

Dick in einen warmen Wintermantel gehüllt, trat sie nur Minuten später vor die Tür auf den Gehweg. Gerade, als sich die Haustür des schicken Baus gegenüber öffnete. Ein Mann trat heraus und sah direkt zu Madame Flavicaus herüber. Er grüßte freundlich und winkte ihr zu. Sie erkannte ihn sofort, trotz seiner dicken Kleidung. Es war der Mann, der auf der gleichen Etage wie sie im Haus gegenüber wohnte.

„Was treibt Sie bei der Kälte vor die Tür?", rief er ihr fröhlich herüber und rieb sich seine Hände, die in dicken Handschuhen steckten.

„Ach, ein unfreundlicher Besuch", antwortete sie und tat ihre Worte mit einer kleinen Geste ab. „Halb so wild, aber ein wenig frische Luft wird mir gut tun."

„Darf ich Sie ein Stück begleiten?", fragte der Mann und lächelte sie einladend an.

Madame Flavicaus zögerte einen Augenblick. Dieser Herr wollte mit ihr gemeinsam ein paar Schritte gehen? Sie hatte ihn schon öfter heimlich von ihrem Sessel aus beobachtet. Gerade in den letzten Monaten, in denen es von Tag zu Tag früher dunkel wurde und er nach dem Heimkommen sein Licht in der Wohnung einschalten musste.

Er war stets sehr gut angezogen, das hatte sie schon festgestellt. Auch jetzt. Er trug einen dunklen Mantel aus edler Wolle und einen passenden Schal. Sie tippte auf Kaschmir. Seine grobgestrickte dunkelblaue Wollmütze mit breiter Krempe bildete dazu einen passenden Kontrast, um sein Ensemble nicht zu perfekt wirken zu lassen. Die Kopfbedeckung hatte etwas von einem alten Seebären. Bei dem Gedanken musste sie lächeln. Es war ihr erstes Lächeln seit Monaten.

„Amüsieren Sie sich über mich, Madame?", fragte der Herr sie lachend. Seine Stimme klang dabei warm und vertraut in Madame Flavicaus Ohren.

„Nein, nein! Auf keinen Fall!", antwortete Madame Flavicaus schmunzelnd.

„Vielleicht gehen wir ja gemeinsam ein Stück, und Sie erzählen mir, was Sie so erheitert?"

Der Herr machte eine einladende Geste in Richtung des Gehwegs. Als sie losmarschierten, passte er sich wie selbstverständlich an Madame Flavicaus Tempo an. Schnell ließen sie ihre Wohnstraße hinter sich und gingen in die nahe gelegene Grünanlage. Keiner von ihnen sprach ein Wort, etwas, was Madame Flavicaus als äußerst angenehm empfand.

„Und nun", begann er, nachdem sie durch das schmiedeeiserne Tor in den Park gelangt waren, „was hat Sie vorhin bei meinem Anblick so zum Lächeln gebracht?"

Madame Flavicaus überlegte kurz, ob so viel Ehrlichkeit angebracht war.

„Überlegen Sie nicht zu lang, junge Frau!"

Bei seinen Worten knuffte er sie ganz leicht gegen ihren Mantel.

„Frei weg ist immer das Beste. Zu viel Nachdenken verfälscht nur das, was man eigentlich meint."

Wie recht er hatte. Aber würde sie ihn nicht vielleicht beleidigen? Er war ein sehr feiner Herr, der vielleicht den Vergleich mit einem alten Seemann etwas unhöflich empfinden könnte.

„Na los!", brummte ihre Begleitung. Dabei wurde sie wieder sanft am Mantel geknufft.

Sie fasste sich ein Herz.

„Ich musste bei Ihrer Kopfbedeckung an einen verwegenen Seefahrer denken!", gab sie dann etwas zögerlich zu.

Ein lautes Lachen war die Antwort. Der Mann schüttelte sich fast.

„Madame, Sie können wohl Gedanken lesen. Ich bin zwar nie zur See gefahren, aber es war immer mein großer Traum, auf einem Schiff zu leben."

Madame Flavicaus bekam große Augen. Dieser gut gekleidete Herr hatte eine heimliche Leidenschaft für das raue Seefahrerleben? Überrascht schaute sie ihn an.

„Ich war lange in einer Behörde tätig. Hier, bei der Stadt. Da bekommt man selten Wasser zu sehen."

Er machte eine längere Pause, bevor er gedankenverloren ergänzte: „Aber es hat mich immer gereizt. Diese Unabhängigkeit, die Freiheit und die Natur."

Madame Flavicaus nickte verträumt. Nur zu gut verstand sie, was er für eine Sehnsucht mit dem Wasser verband. Sie spürte ähnliche Wünsche in sich, nur dass diese nicht unbedingt etwas mit einem Boot zu tun hatten, sondern mit dem Leben, das sie und ihresgleichen als fahrendes Volk lange führten.

„Geht es Ihnen nicht auch manchmal so?", fragte er sie dann.

Madame Flavicaus überlegte, wie viel sie von sich preisgeben konnte. Und bevor sie wusste, was sie sagen sollte, rief der Mann aus: „Wie unhöflich von mir!"

Er blieb stehen und schüttelte den Kopf.

„Wie kann ich Sie mit so einer persönlichen Frage verschrecken, wo wir uns doch gar nicht kennen?"

Er sah sie mit großen Augen an und sagte: „Ich entschuldige mich tausend Mal für meine indiskrete Frage. Darf ich mich zunächst Ihnen vorstellen?"

Mit einer leichten Verbeugung wendete er sich ihr zu, zog seinen rechten Handschuh aus und reichte ihr die Hand.

„Mein Name ist Bernard. Bernard Bateau."

Was für ein wohlklingender Name. Madame Flavicaus nahm seine Hand und schüttelte sie lächelnd. Und wie passend der Nachnahme Bateau, also Boot, zu seinen Wünschen passte.

„Und Ihr Name ist ...?"

Sie drückte leicht seine warme Hand, die noch immer die ihre hielt.

„Flavicaus."

Der Mann nickte beeindruckt.

„Welch schöner Name. Und, werte Madame Flavicaus, da ich jetzt schon so viel über Ihr Leben erfahren durfte, würden Sie mir vielleicht auch Ihren Vornamen verraten?"

Der Mann legte den Kopf etwas schräg und kniff die Augen leicht zusammen.

Sie nickte.

„Ich heiße Rosina. Eigentlich sogar Rosina Esmeralda Caramelita. Die anderen beiden Namen sind von meinen verstorbenen Großmüttern."

„Was für wunderbare Namen!", kommentierte der Herr und hielt weiter ihre Hand. „Und so außergewöhnlich! Darf ich Sie Rosina nennen, Madame?", bat er sie mit einem treuen Blick. „Oder trete ich Ihnen zu nahe damit?"

Madame Flavicaus drückte weiter seine Hand und lächelte. „Ich bitte Sie darum. Auch wenn es für mich ungewohnt sein wird."

Sie überlegte kurz, ob sie ihm so viel Einblick geben sollte. Dann fasste sie sich ein Herz. „Zuletzt nannte mich meine geliebte Mutter so", erklärte sie ihm.

Der Mann verstand.

„Dann werde ich es so machen, Madame Flavicaus. Ich nutze beide Namen. Madame Flavicaus, und ab und zu Rosina, wenn ich darf. Falls es Ihnen unangenehm erscheint, sagen Sie es mir, und dann werde ich Ihren Vornamen natürlich nicht mehr nutzen."

Madame Flavicaus lächelte ihn zur Bestätigung an.

Dann lösten sich ihre Hände fast zeitgleich voneinander, und sie nahmen ihren Spaziergang durch die verwaiste Grünanlage wie selbstverständlich wieder auf.

„Madame, was ich Sie schon immer einmal fragen wollte", begann der Mann nach einigen Minuten, die sie schweigend nebeneinander hergegangen waren.

„Ja?", ermunterte sie ihn, weiterzusprechen.

„Eine Frau wie Sie, entschuldigen Sie bitte meine Indiskretion, aber eine Frau wie Sie, die hat doch sicher eine große Verwandtschaft?"

Madame Flavicaus nickte nachdenklich, gespannt, was nun kommen würde.

„So oft schaue ich herüber und sehe Sie in Ihrer Wohnung. Gerade jetzt, wo es draußen früh dunkel wird. Bitte verzeihen Sie. Aber es ist kaum zu vermeiden, so nah wie unsere Wohnungen beieinanderliegen. Und dann noch direkt gegenüber."

Sie zuckte kurz zusammen. Ging es ihm wie ihr? Schaute er ihr auch ab und zu wohlwollend durch die Fenster, nur um zu schauen, was sie tat? Über diese Möglichkeit hatte sie noch nie nachgedacht.

„Aber eigentlich sehe ich nie Besuch bei Ihnen. Es scheint mir ungewöhnlich."

Madame Flavicaus lächelte ihn traurig an, während sie weiter über den laubbedeckten Weg schritten. Und dann begann sie zu erzählen. Von ihrem Volk, dem großen Wunsch ihrer Mutter, der sie auf dem Sterbebett versprechen musste, ein sesshaftes Leben auszuprobieren. Nur, um nicht den immer stärker werdenden Repressalien ausgesetzt zu sein, unter denen ihre reisende Sippschaft litt. Wie sie mit dem Erbe ihrer Mutter, ein wenig wertvollem Schmuck, vor Jahrzehnten einen neuen Start in dieser Stadt gewagt hatte. Wie sie ihre Wohnung fand, die noch immer recht günstig war, und wie sie sich durch Gelegenheitsjobs immer etwas dazuverdient hatte. Sie verriet ihm, dass das letzte Schmuckstück schon lange verkauft war, und erzählte ihm von ihrem letzten Job und dessen unglücklichen Ende. Zu guter Letzt berichtete sie von ihrem zauberhaften Punsch und der Frau, die sie deswegen aufgesucht hatte.

Der Mann hörte ihr interessiert zu. Sie erzählte weiter von ihrer alten Arbeit, ihrem Volk, das sie immer wieder besuchte, wenn es für Wochen oder sogar Monate auf den Wiesen campierte, und von ihrer Einsamkeit, seit sie beides nicht mehr hatte und die große Grünfläche mit Luxusanwesen bebaut werden sollte.

Ihre Begleitung brummelte immer wieder

freundliche, verständnisvolle Worte. Er hörte ihr interessiert zu und unterbrach sie nicht in ihren Erzählungen.

Als sie fertig war, sagte er nur: „Rosina, Sie sind eine ganz wunderbare Frau."

Sie stapften schweigend weiter durch den Schnee. Nach einer Weile kamen sie bei ihrer Runde wieder an dem schmiedeeisernen Eingangstor zu der Grünanlage vorbei. Madame Flavicaus schlug den Weg nach Hause ein, und ihre Begleitung folgte ihr, ohne zu zögern.

Als die beiden vor Madame Flavicaus Haustür standen, griff der Mann ihre Hände.

„Madame! Es war so ein wunderbarer Ausflug mit Ihnen. Ich wünschte mir, wir würden so etwas öfter wiederholen können!"

Bei seinen Worten schaute er ihr tief in die Augen. Der Atem der beiden stieg wie Rauch zwischen ihnen hervor. Madame Flavicaus hatte für einen Moment das Gefühl, sie wäre in einem wunderbaren Traum.

„Darf ich Sie bei Gelegenheit wieder dazu einladen?", fragte ihre Begleitung sie vorsichtig.

Madame Flavicaus fehlten die richtigen Worte. Deswegen nickte sie nur. Ein anderer Bewohner öffnete die Tür und trat auf den Gehweg. Und

Madame Flavicaus? Die nutzte die Gelegenheit, löste ihre Hände aus den seinen und verschwand mit ein paar leise gemurmelten Abschiedsworten im Haus.

KAPITEL 6

In dieser Nacht hatte Madame Flavicaus ganz wunderbare Träume. Sie machte mit ihrer neuen Bekanntschaft Bernard einen Ausflug. Dabei kam es ihr so vor, als ob sie sich schon ewig kennen würden. So vertraut war das Gefühl. Sie besuchten die große Wiese am Stadtrand. Es war Frühling und überall blühten Wiesenblumen und Kräuter. Von Bauarbeiten keine Spur. In der Mitte der Fläche war ein großes Lager aufgeschlagen, aus dem ihnen lautes Lachen und Rufen und der Duft nach frischem Essen entgegenkam.

Madame Flavicaus war glücklich in ihrem Traum. Sie betrat mit Bernard die kleine Wagenburg, und beide wurden freundlich begrüßt. Allerlei vertraute Gesichter kamen auf sie zu. Ihre alten Freunde und Verwandten, die Tante, die öfter auf sie aufgepasst hatte, als sie noch klein war und ihre Mutter bei den Bauern in der Umgebung auf dem Feld half. Sogar der Sippenälteste stattete ihren Träumen einen Besuch ab, der, bei dem sie und die anderen Kinder über die Welt, ihr Volk und ihre Bräuche unterrichtet wurden.

Und dann sah Madame Flavicaus ihre Mutter. Sie sprang aus einem der Planwagen und stürmte auf sie zu. Sie war jung und energiegeladen. Ganz und gar nicht so, wie Rosina sie in Erinnerung behalten hatte.

„Rosina!", rief sie ihr zu. Im Näherkommen sah Madame Flavicaus, dass die Augen ihrer Mutter glänzten. Es standen dicke Tränen darin.

„Mein Kleines!"

Sie schloss Rosina fest in die Arme.

Madame Flavicaus durchströmte ein so warmes Gefühl von innerem Frieden und Glück, wie sie es im realen Leben schon lange nicht mehr gespürt hatte.

Dann sprach ihre Mutter ihre Begleitung Bernard an.

„Ich bin so froh, dass meine Kleine endlich jemanden gefunden hat, mit dem sie von nun an durchs Leben gehen kann!"

In diesem Augenblick bemerkte Madame Flavicaus, dass sie träumte. Sie bekam über diese Erkenntnis einen kleinen Schreck. So vertraut und real war ihr diese Szene vorgekommen. Sie zuckte zusammen und war plötzlich wach. Es war bitterkalt, weil sie es sich nicht mehr leisten konnte zu heizen. Wenigstens nicht über Nacht.

Als sie aufstand, fror sie ganz erbärmlich. Sie zog sich einige Schichten ihrer dicken Winterkleider übereinander und kochte sich einen besonders starken Mokka. Dann begab sie sich auf ihren gemütlichen Sessel und kuschelte sich tief darin ein.

Als sie hochschaute, da sah sie, dass der Mann von gegenüber, Bernard, gerade seine Gardinen öffnete. Er lächelte zu ihr herüber und grüßte sie durch die geschlossenen Fenster und über die Straße hinweg. Madame Flavicaus dachte an ihren Traum und senkte verwirrt den Kopf.

Nur eine Stunde später saß sie mit den aufgeschlagenen Zeitungen des Tages an ihrem Esszimmertisch und blätterte die Stellenanzeigen durch. Mit einem großen, roten Stift umkreise sie die Angebote, die für sie geeignet schienen. Es waren ganze zwei. Dann packte sie die Papiere und zog los, um beiden Arbeitgebern einen persönlichen Besuch abzustatten.

Bei ihrer bisherigen Suche hatte Madame Flavicaus sich immer auf Putzstellen konzentriert. Eine Arbeit, die ihr viel Freude bereitete und ihr die Gelegenheit gab, sich die Abläufe frei einzuteilen. Aber solche Gesuche hatte sie in den letzten Monaten selten gesehen. Die Stellen waren sehr beliebt, nicht nur bei Madame Flavicaus.

Deswegen wurden sie meistens, wenn die Stelleninhaberin aufhörte, ohne Ausschreibung an eine gute Freundin oder Bekannte weitergegeben und erschienen gar nicht erst als Inserat in einer Zeitung.

Madame Flavicaus hatte gleich nach dem zweiten Mokka beschlossen, bei ihrer Suche einen Schritt weiter zu gehen. Sie hatte über den Spaziergang mit ihrem Nachbarn nachgedacht. Irgendwie hatte ihr die Begegnung Angst gemacht, und sie schämte sich, dass sie ihm so wehleidig ihr Herz ausgeschüttet hatte. Was sollte Bernard denn von ihr denken? Sie war eine gestandene Frau, die ihr Leben im Griff hatte und für sich selber sorgen konnte.

Eine große Fabrik am Stadtrand suchte fleißige Hände für die Arbeit am Band. Dort war eine Stelle ausgeschrieben und dann noch bei einem Schneider. Sie schwang sich entschlossen auf ihre Kreidler und fuhr über die morgendlichen noch spiegelglatt gefrorenen Straßen los.

Die Stelle bei dem Schneider war bereits vergeben, als sie sich dort persönlich vorstellen wollte. Also fuhr sie so schnell es ging zur Fabrik. Mit der Zeitung in der Hand stand sie kurz darauf vor dem Pförtner. Der bat sie lächelnd, sich kurz zu gedulden, und informierte das Personalbüro.

Keine Stunde später hatte Madame Flavicaus einen neuen Job. Und das Schönste für Madame Flavicaus war: Es ging am nächsten Morgen schon los.

Madame Flavicaus liebte die Arbeit nicht. Das merkte sie gleich an ihrem ersten Tag dort. Aber sie war fest entschlossen, in der Fabrik ihr Bestes zu geben. Sie füllte mit anderen Frauen zusammen mit von der Decke kommenden Schläuchen absonderlich aussehende Getränke in kleine bunte Flaschen. Madame Flavicaus schwierigste Aufgabe war es dabei, darauf zu achten, dass keines der Behältnisse das Gleichgewicht verlor und auf dem ruckelnd fahrenden Band umkippte, bevor es verschlossen war.

Die Arbeit war monoton, und der Rücken ihr tat schon nach kurzer Zeit wegen der unbequemen Haltung weh. Aber als am Ende ihrer langen Schicht die Vorarbeiterin eine Freiwillige suchte, die für eine erkrankte Mitarbeiterin die Vertretung in der Spätschicht übernehmen wollte, da hob Madame Flavicaus wie im Reflex den Arm.

Sie brauchte das Geld. Zu viele Schulden hatten sich in den letzten Monaten bei den Ladenbesitzern in ihrem Viertel angehäuft. Und das Wetter war zu kalt, um noch weiter nachts mit dem Heizen sparen zu können. Außerdem, und vielleicht besonders, war Madame Flavicaus nach dem wunderbaren Spaziergang mit ihrem Nachbarn voller Scham darüber, dass sie sich in der letzten Zeit so hatte hängen lassen. Sie wollte nicht, dass er sah, wie schlecht es ihr wirklich ging. Das war ihr Antrieb, um ihr Leben so schnell wie möglich in Ordnung zu bringen.

In der nächsten Zeit arbeitete sie fast rund um die Uhr. Nur an den Sonntagen hatte sie frei. Und da war sie so müde und erschöpft, dass sie es nicht einmal aus dem Haus schaffte, um frische Luft zu schnappen.

Einige Male hörte sie es an ihrer Tür klingeln. Doch sie brauchte Minuten, um sich aus ihrem Sessel zu erheben und zum Türöffner zu schlurfen. Und immer, wenn sie es dann geschafft hatte, diesen zu drücken, stand keiner mehr vor der Haustür, der von ihr hereingelassen werden wollte.

An einem späten Abend, als sie wieder erschöpft von der Arbeit kam, fand sie einen Brief, der in ihrem Postkasten war. Er steckte in einem dicken, seidigen Umschlag und trug keine Briefmarke. Sie riss ihn neugierig auf, noch bevor sie die letzte Treppenstufe zu ihrer Wohnung erklommen hatte. Voller Ehrfurcht sah sie auf die schwungvolle Handschrift, mit der elegant ein Wort an das nächste gereiht war.

„Meine liebste Rosina!", stand dort zu lesen. „Nun ist es schon fast drei Wochen her, seit ich mit Ihnen diesen wunderbaren Spaziergang machen durfte. Seitdem hoffe ich darauf, dass Sie wieder einmal Zeit für mich finden. Aber es scheint mir wie verhext. Jedes Mal, wenn ich zu Ihnen herüberschaue, scheint Ihre Wohnung verwaist. Und jedes Mal, wenn ich es wage, an Ihrer Tür zu klingeln, sind Sie nicht da. Seit unseren gemeinsam verbrachten Stunden wünsche ich mir, dass Sie mir noch einmal etwas von Ihrer kostbaren Zeit schenken würden, damit wir sie zusammen verbringen können. Dabei möchte ich Sie nicht drängen, denn ganz im Gegenteil, mein größter Wunsch, ja meine größte Hoffnung ist, dass Sie vielleicht auch Gefallen an unserem Spaziergang hatten und nichts gegen eine Wiederholung einzuwenden hätten.

Liebste Rosina, wenn Sie diese Zeilen lesen und wenn es Ihnen kein Unbehagen bereitet, dann wäre ich froh und dankbar, Sie am kommenden Sonntag auf einen kleinen Ausflug einladen zu dürfen. Ich habe es mir erlaubt, eine kleine Überraschung für Sie zu organisieren, von der ich meine, Ihnen damit eine klitzekleine Freude machen zu können.

Natürlich ist es nicht fair von mir, Ihnen etwas in Aussicht zu stellen, wenn Sie mir erneut Ihre Aufmerksamkeit und Zeit schenken würden. Aber ich befürchte eine Zurückweisung Ihrerseits, die ich aufgrund Ihres Abtauchens in den letzten Wochen vermute. Um diese Schmach zu umgehen, versuche ich, Sie mit unlauteren Mitteln zu einer Zusage zu bewegen. Ich hoffe jetzt schon, dass Sie mir diese Unart verzeihen, und zähle auf Ihre Zusage.

Wenn Sie heute Nacht ein Licht in Ihrem Wohnzimmer brennen lassen, das dem meinen gegenüberliegt, dann werde ich dies als Einverständnis werten und Sie am kommenden Sonntagnachmittag zu einem besonderen Spaziergang abholen.

Ist Ihr Licht heute Nacht gelöscht, so weiß ich es ebenfalls zu deuten. In diesem Falle möchte ich Ihnen schon einmal sagen: Rosina, Sie sind die wundervollste Frau, die ich je in meinem Leben getroffen habe, und ich bin ein glücklicher Mann, weil ich Sie kennenlernen durfte.

Ihr

Bernard Bateau"

Madame Flavicaus wischte sich eine Träne aus dem Augenwinkel. Gerührt las sie immer wieder die gefühlvollen Worte ihres Nachbarn.

Sie ging mit dem Brief in der Hand zu ihrem Wohnzimmerfenster und guckte auf die gegenüberliegende Wohnung. Aber dort brannte kein Licht. Ein Blick auf ihre Uhr brachte ihr die Erklärung. Es war bereits weit nach Mitternacht.

Müde und glücklich begab sich Madame Flavicaus in ihr Schlafzimmer, um sich für die Nacht fertig zu machen. Sie legte ihre Kleidung für den nächsten Tag zurecht und kontrollierte dann noch einmal, ob sie auch wirklich ihre Lampe im Wohnzimmer angelassen hatte. Diese tauchte den Raum in ein warmes, gelbes Licht. Beruhigt schlüpfte Madame Flavicaus unter ihre Decken und schlief augenblicklich ein.

Am nächsten Morgen erwachte sie noch vor ihrem Wecker. Ihr Blick fiel auf die Uhr und streifte dabei den Brief von ihrem Nachbarn. Sofort fielen ihr wieder seine Worte ein. Aufgeregt schlich sie sich auf Socken in ihr Wohnzimmer, ohne sich an dem eiskalten Fußboden zu stören. Draußen war es noch stockdunkel. Aber ihr Licht brannte noch und musste gut von der Wohnung gegenüber zu sehen sein. Zur Sicherheit ließ sie die Lampe brennen, als sie sich auf den Weg zur Arbeit machte.

„Madame!", wurde sie von der Vorarbeiterin begrüßt, als sie ans Band trat. „Es gibt gute

Nachrichten! Die erkrankte Kollegin hat sich heute wieder zur Arbeit gemeldet. Sie dürfen heute Nachmittag schon gehen."

Madame Flavicaus war glücklich.

„Wie schön mein Leben doch ist!", sagte sie sich immer wieder, während sie nacheinander gelbe, grüne und rosa Flüssigkeiten in die kleinen Fläschchen füllte. Dabei dachte sie an die wunderbaren Zeilen von Bernard Bateau, die ihr so ein warmes Gefühl in ihrem Herzen gaben, das von da aus ihren ganzen Körper durchströmte. Sie dachte an das Treffen mit diesem Mann an dem kommenden Sonntag, dem sie voller Neugierde entgegensah. Und sie dachte an das Geld, was sie in den letzten Wochen verdient hatte und mit dem sie ihre Schulden bezahlen und, wenn sie es erst einmal in den Händen hielt, auch wieder ordentlich heizen konnte.

Als sie an diesem Tag ungewöhnlich früh die Fabrik verließ, war sie noch immer ganz erfüllt von schönen Gefühlen. Sie beschloss, dass sie stark genug war, um die Veränderungen in ihrem Leben zu akzeptieren und zu begrüßen. Madame Flavicaus wollte dem Neuen ins Gesicht sehen und schlug mit ihrer knatternden Kreidler nicht etwa den Weg zu ihrem Zuhause ein, sondern an das andere Ende der Stadt. Dort, am Stadtrand genau entgegengesetzt von der Fabrik, lag die Wiese, auf der ihresgleichen Jahrzehnte campierten und auf der in Kürze Luxuswohnungen entstehen sollten.

Stark und mutig wollte sie sein. Wie Bernard Bateau, der all seinen Stolz hintangestellt hatte, um ihr diesen berührenden Brief zu schreiben, auch auf die Gefahr hin, dass Madame Flavicaus ihn nicht mehr treffen mochte. Sie wollte nach vorne blicken, und das geplante Treffen gab ihr das Gefühl, einen so schönen Menschen in ihr Leben zu bekommen, dass sie den Verlust der Besuche ihrer Sippe in der Stadt akzeptieren konnte.

Madame Flavicaus fuhr langsam um die letzte Kurve und näherte sich dem weitläufigen Gelände.

In den letzten Wochen hatte sich dort viel getan. Genau in der Mitte des Grundstücks war ein großes, rechteckiges Quadrat aus Beton gegossen. Überall lagen aufeinandergeschichtete Ziegelsteine und sogar ein Kran stand daneben, die Schaufel so tief in die Erde gerammt, dass es aussah, als ob diese ihn nicht mehr loslassen würde.

Es war erst Nachmittag, und überall standen Bauarbeiter herum, maßen, schaufelten und klopften. Nur auf der großen Betonfläche stand eine Gruppe von Planern ruhig beieinander und studierte große Zeichnungen, die ein Mann vor sich ausgebreitet in den Händen hielt. Irgendwie kam Madame Flavicaus die Gestalt bekannt vor. Sie wusste nur nicht, woher. Die anderen klopften dem Mann bewundernd auf die Schulter und malten vor sich mit den Händen in der Luft. Dann hörte sie ein warmes, brummendes Lachen und erschrak zutiefst. Der Mann, der dort stand und die Pläne hielt, war ihr Nachbar. Bernard Bateau.

KAPITEL 7

Madame Flavicaus vergaß vor Schreck zu atmen. Erst im letzten Augenblick, als ihre Kreidler schon schlingerte und sie langsam das Gleichgewicht verlor und drohte, auf den Asphalt zu fallen, fiel ihr wieder ein, dass sie die Luft angehalten hatte. Sie tat einen kräftigen Atemzug. Während die Maschine sich wieder aus der Schräglage fing, drückte sie das Gas und fuhr in hoher Geschwindigkeit in die nächste Straße, die von der Wiese wegführte. Auf dem Weg nach Hause konnte sie kaum sehen. Immer wieder stiegen ihr Tränen in die Augen und verschleierten ihren Blick.

Zurück in ihrer Wohnung kochte sie sich einen großen Topf von ihrem wunderbaren Punsch. Nur den kleinen Beutel mit dem Pulver, den ihre Mutter zu Lebzeiten am Herzen getragen hatte, fand sie noch immer nicht, so sehr sie ihn auch verzweifelt suchte. Sie ließ das Pulver weg und fügte stattdessen etwas mehr Anis hinzu. Mit dem noch dampfenden Getränk setzte sie sich in ihren Sessel, löschte das Licht und starrte einfach nur hinüber zu der Nachbarwohnung. Aber die blieb dunkel.

Am nächsten Morgen schleppte sie sich völlig ermattet und gerädert in die Fabrik. Der Punsch hatte bei ihr keinerlei positive Wirkung entfaltet. Außer, dass er sie gut durchgewärmt hatte.

Aber als die Vorarbeiterin ankündigte, wegen der hohen Nachfrage in der Vorweihnachtszeit freiwillige Arbeiterinnen zu suchen, die auch am Wochenende Doppelschichten übernahmen, war Madame Flavicaus Hand die erste, die in die Höhe schoss und sich meldete.

So verbrachte sie auch den Sonntag in trüber Stimmung in der Fabrik und war froh über die Müdigkeit und die Schmerzen, die ihr das lange Stehen verursachten, weil diese sie von ihrem seelischen Leid ablenkten. Ab und zu dachte sie daran, was wohl passiert wäre, wenn sie trotz ihrer Entdeckung diesen Sonntagnachmittag mit Bernard Bateau verbracht hätte. Aber sie war sich sicher, seine Nähe nicht hätte ertragen können.

Als sie spät am Abend nach Hause kam, fand sie einen weiteren Brief in ihrem Postkasten. Er war aus dickem Seidenpapier und nur mit zwei Worten beschriftet. FÜR ROSINA stand dort. Sie machte sich nicht die Mühe, ihn zu lesen.

Erst wollte sie ihn noch auf der Treppe in tausend kleine Stücke zerreißen, als sie hoch zu ihrer

Wohnung ging. Aber dann besann sie sich und legte ihn ganz unten in ihre schwere Truhe, in der es vor Erinnerungen und Vergangenheit nur so wimmelte. Dort suchte sie auch noch einmal alles nach dem Beutelchen ihrer Mutter durch, und das, obwohl sie sich sicher war, dass sie ihn in der Küche in einem der Schränke bei den anderen Zutaten gelassen hatte.

Madame Flavicaus machte kein Licht mehr im Wohnzimmer, weil sie befürchtete, dass er sie dann sehen könnte. Und sie ihn. Diese Begegnung, wenn auch durch zwei Scheiben und eine Straße hinweg, würde ihr zu nahe gehen. Ihre Enttäuschung war groß und ihr Herz sehr schwer.

Von nun an fand sie jeden Abend einen Brief vor, wenn sie von der Arbeit kam. Sie waren immer in einem Umschlag aus weichem Papier. Madame Flavicaus legte sie alle miteinander zu dem ersten in die Truhe und bemühte sich, keinen Blick mehr auf die gegenüberliegende Wohnung zu werfen, wenn sie in ihrem Wohnzimmer war. Dabei ließ sie stets das Licht geloschen, um auch selbst nicht gesehen zu werden.

So war es auch einige Tage später, als sie wieder erschöpft nach Hause kam. Und auch nur dieser neuen Angewohnheit war es zuzuschreiben, dass

Madame Flavicaus nicht sofort die Zeichen merkte, als sie in ihre Wohnung trat. Dabei hätte ihr schon gleich ein leichter Geruch nach einem Duftwasser auffallen können. Oder der Hauch von Zigarillo, der sich in der Luft gehalten hatte. Aber auch das nahm sie nicht wahr, weil sie völlig in Gedanken den nächsten seidenen Briefumschlag aus ihrem Postkasten in der Hand wie im Reflex durch die dunkle Wohnung zu ihrer Truhe im Schlafzimmer brachte.

Sie spürte nur einen dumpfen Schlag. Die Wucht ließ sie nach hinten taumeln, aber bevor sie auf dem Boden aufschlug, fingen sie zwei kräftige Hände auf.

Über sich hörte sie ein Rascheln. Jemand zog ihr etwas über den Kopf. Der harte Stoff eines Sackes kratzte auf ihrer Haut. Dann merkte sie, wie der Stoff an ihrem Hals eng zusammengebunden wurde. So fest, dass ihr die Luft weg blieb. Sie spürte einen Würgereiz und gab einen erstickenden Laut von sich.

„Schnauze!", rief eine ruppige Männerstimme über ihr. Er nahm ihre Arme und band ihre Hände mit einem Tau eng vor ihrem Körper zusammen.

„Rück das Zeug raus!", mahnte er, während er sie fesselte.

Madame Flavicaus versuchte, ruhig zu atmen. Was ihr schwer genug fiel. „Wo ist es? Her mit dem Zeug!", rief der Mann erneut und stieß ihr unsanft in die Seite. Sie wäre fast gefallen, weil sie sich mit den zusammengebundenen Händen nicht abstützen konnte.

Irritiert wollte sie etwas sagen, aber ihre Stimmbänder versagten ihr den Dienst.

„Was wollen Sie?", wollte sie energisch rufen. Aber es klang wie das Quaken einer erstickenden Ente.

Erneut bekam sie einen harten Tritt. Sie keuchte und rang nach Luft. Der Mann packte sie an den Handfesseln und schleifte sie daran aus dem Schlafzimmer, über die Türschwellen in die Küche. Dort wurden ihr ein wenig die Schnüre um den Hals gelockert, so dass sie wieder besser Luft bekam. Dann machte er ein kleines Licht über dem Herd an.

Madame Flavicaus atmete ein paar Male tief durch und wollte gerade zu einem Schrei ansetzen, da legten sich zwei Hände brutal auf den Sack, genau an der Stelle, an der ihr Mund war.

„Ein Schrei und du bist tot", flüsterte der Mann ihr ins Ohr.

Langsam bekam Madame Flavicaus es mit der

Angst zu tun. Sie wünschte sich nichts sehnlicher, als dass Bernard Bateau auf der anderen Seite der Straße in seinem Wohnzimmer stand, zu ihr herüberschaute und sich wunderte, was dort vor sich ging. Sie wusste, dass er ein wenig schräg in ihre Küche gucken konnte. Das musste so sein, denn umgekehrt konnte sie von da aus auch einen kleinen Ausschnitt aus seinem Wohnzimmer sehen, wenn es draußen dunkel war und bei ihm Licht brannte.

Madame Flavicaus versuchte, sich aus ihren Fesseln zu winden. Aber der Mann gab ihr wieder einen Schlag, diesmal auf den Kopf. Sie zuckte zusammen, und ein scharfer Schmerz durchfuhr sie.

„Was wollen Sie?", versuchte sie nochmals, aus dem Eindringling etwas herauszubekommen. Diesmal klang ihre Stimme deutlicher.

„Ha! Als ob du das nicht wüsstest!" Die Stimme des Mannes klang höhnisch.

„Ich weiß es nicht. Wirklich. Warum sind Sie hier?"

Madame Flavicaus bekam keine Antwort. Dafür hörte sie, wie er sich ein paar Schritte von ihr entfernte. Mit einem lauten Klappern wurden ihre Küchenschränke aufgerissen. Sie hörte, wie ihre Vorräte durchwühlt wurden. Irgendetwas fiel auf den Boden. Dann kam ein leises klackerndes Geräusch, wie von winzigen Murmeln, die eine nach der anderen aus dem Schrank auf die Arbeitsplatte kullerten, um dann hart auf dem Boden aufzuschlagen und in eine Ecke zu rollen. Sie vermutete, dass das ihre getrockneten Erbsen waren.

Als der Mann mit dem Küchenschrank fertig war, verstummte auch das leise Klackern. Die Erbsen lagen jetzt wohl alle auf der Erde. Dann öffnete er mit einem Ruck den Kühlschrank und kurz darauf die festgefrorene Klappe ihres Eisfachs.

„Ich wusste es doch!"

Zufrieden kramte er darin herum und zog ein paar Behälter hervor.

Da dämmerte es Madame Flavicaus. Der Eindringling war auf der Suche nach ihrem Punsch. Es waren die Reste aus dem Topf, bei dessen Inhalt sie keine Wirkung gespürt hatte. Jetzt wünschte sie sich, sie hätte noch etwas von dem Tag übrig, an dem er seine zauberhafte Wirkung entfaltet hatte. Wenn sie den Eindringling dazu gebracht hätte, etwas davon zu trinken? Dann, dann …? Ja, was dann? Sie schalt sich innerlich wegen ihrer Naivität. Denn es war vermessen zu glauben, dass ihr Getränk einen Schurken zu einem Heiligen machen könnte.

Madame Flavicaus hörte, wie aus einem Weidenkorb, in dem sie alte Zeitungen zum Anzünden des Ofens sammelte, der Inhalt auf den Küchenboden geleert wurde. Die Papierstapel schlugen klatschend auf. Die trockenen Weidenzweige knarzten und ächzten, als der Mann die Behälter mit dem gefrorenen Punsch dort hineinlegte.

„Wo ist das Rezept?", fragte er sie mit drohender Stimme.

„Rezept?"

Madame Flavicaus stellte sich absichtlich so, als ob sie schwer von Begriff wäre.

„Die Anleitung, die Zutatenliste, das Braurezept?", versuchte er ihr auf die Sprünge zu helfen.

Erst zierte Madame Flavicaus sich. Aber der Eindringling half mit einem Tritt seiner schweren Stiefel gegen ihre Rippen nach. Danach erfolgten ein paar Schläge in ihr Gesicht. Obwohl sie durch den Sack etwas geschützt war, tat es ihr höllisch weh. Ihre Lippe schwoll sofort spürbar an. Da wusste sie, dass ihr keine andere Wahl blieb, als ihm das Rezept zu verraten, wenn sie einigermaßen heil aus dieser Situation herauskommen wollte.

Sie rang nach Luft und nuschelte etwas

undeutlich: „Esch liegt in der Dosche mit der Aufschriff Gewürsche."

Der Mann machte das große Licht an, um besser sehen zu können, und guckte nochmals in alle Schränke. Madame Flavicaus betete innerlich, dass vielleicht jetzt Bernard zufällig einen Blick zu ihrer Wohnung warf und erkennen konnte, was hier vor sich ging.

Das blecherne Scheppern verriet ihr kurz darauf, dass der ungebetene Besucher fündig geworden war. Sie hörte, wie er das Papier mit dem Rezept aus der Dose zog und einsteckte. Ohne viel Zeit zu verschwenden, griff er sich ihren Weidenkorb, der ein unwilliges Knarzen von sich gab, als er mit seiner gefrorenen Last hochgehoben wurde.

„Das war's schon, Alte! Nicht den Ärger wert, den du gemacht hast." Mit diesen Worten verschwand er aus der Wohnung und ließ Madame Flavicaus verstört und verwirrt zurück.

Sie brauchte eine ganze Weile, um sich wieder zu berappeln. In ihrem Kopf schwirrten die Gedanken wild durcheinander. Wer war dieser Mann? Und was wollte er mit dem Rezept? Sie kam auf keine Antwort. Auf jeden Fall war sie sich sicher, dass er ihr fremd war. Sie hatte ihn weder am Geruch noch an seiner Stimme erkannt. Obwohl, irgendetwas … Madame Flavicaus kam nicht darauf. Sie spürte, dass sie ein dringendes menschliches Bedürfnis überkam und drehte ihre Handgelenke energisch gegen die Fesseln, um sie etwas zu lockern.

Es dauerte noch eine Weile, bis sie ihre Hände befreien konnte. Ihre Gelenke schmerzten, und alles fühlte sich steif und taub an. Aber jetzt konnte sie ohne Probleme den Strick lösen, mit dem der Jutesack über ihren Kopf gebunden war. Sie zog ihn mit einem Ruck über ihren Kopf.

„Au!", entfuhr es ihr. Ihre Lippe musste von den Schlägen aufgeplatzt sein, und der Stoff war beim Trocknen des Blutes wie mit Klebstoff an ihrem Mund haften geblieben. Jetzt ging die Wunde wieder auf, und sie spürte, wie das Blut warm über ihr Kinn lief. Sie tupfte es vorsichtig mit dem Ärmel ihres Oberteils weg und ging steif und ungelenk ins Bad. Der Anblick im Spiegel war wenig erfreulich. Ihre Augen waren dunkel unterlaufen, unter dem Mund lief eine rote Spur und die Haare standen ihr nach oben. Sie sah ganz so aus wie eine der angsteinflößenden Figuren, die beim Jahrmarkt in der Geisterbahn arbeiteten.

Nachdem sie sich erleichtert hatte, wusch sie sich gründlich und kämmte ihre dunklen Locken. Dann ging sie in ihr dunkles Wohnzimmer und spähte zu der Wohnung von Bernard. Dort brannte keinerlei Licht.

„Madame, Sie müssen uns schon nähere Angaben machen!"

Ungeduldig drückte der Polizist immer wieder das obere Ende seines Stiftes auf Madame Flavicaus Esszimmertisch und starrte auf sein Formular.

„Meine Kollegen fanden keinerlei Fingerabdrücke. Auch wenn ganz offensichtlich ist, dass jemand sich gewaltsam Zutritt zu Ihrer Wohnung verschafft hat."

„Vielleicht haben die anderen Menschen im Haus etwas davon mitbekommen?", versuchte Madame Flavicaus dem Beamten zu helfen. Aber der schüttelte nur bedauernd den Kopf.

„Die Weihnachtszeit beginnt, und viele scheinen sich ein paar Tage frei genommen zu haben, um ihre Familie oder Freunde zu besuchen."

„Jetzt schon?"

Madame Flavicaus war überrascht. Es war erst Anfang Dezember.

Der Polizist zuckte mit den Schultern.

„So oder so! Fakt ist, dass wir keinen Ihrer Nachbarn im Haus erreichen konnten. Alle sind ausgeflogen."

„Und gegenüber?", fragte Madame Flavicaus.

„Wie gegenüber?"

„Direkt gegenüber. Von dort aus kann man zu mir hinübergucken. Mit etwas Geschick und dem richtigen Licht auch ein wenig in meine Küche."

Madame Flavicaus zeigte mit der ausgestreckten Hand auf die gegenüberliegende Straßenseite. Direkt zu der Wohnung von Bernard Bateau.

„Ein hervorragender Hinweis, Madame!", lobte sie der Polizist.

„Ich werde sofort meine Kollegen zur Befragung hinüberschicken."

Madame Flavicaus entspannte sich etwas.

Ein Polizist war sofort nach ihrem Anruf auf dem Revier gekommen. Als er bei Madame Flavicaus eintraf und ihren Zustand sah, hatte er keine große Zeit verschwendet und auch ein paar der Kollegen, die in Bereitschaft waren, alarmiert. Nun wuselten sie durch ihre kleine Wohnung und tranken ihren starken Mokka in den kurzen Pausen, die sie machten. Danach sammelten sie weiter mikroskopisch kleine Fusseln und Fasern vom Teppich und den Möbeln, packten sie in Tütchen und beschrifteten diese.

„Aber Madame, eines müssen Sie mir doch verraten: Was wollte dieser Mann bei Ihnen?"

Madame Flavicaus zuckte mit den Schultern.

„Ohne Ihnen zu nahe treten zu wollen, gute Frau", der Polizist blickte sich in ihrer Wohnung suchend um, „Sie sehen nicht aus, als ob Sie irgendwo Reichtümer horten würden."

Sie erzählte ihm von dem merkwürdigen Diebstahl ihrer eingefrorenen Punsch-Reste und des Rezeptes. Der Beamte schüttelte ungläubig den Kopf.

„Und dafür ist der Einbrecher so brutal vorgegangen? Für ein Getränk? Kaum zu fassen."

„Ich glaube es ja selber kaum. Aber ich vermute, er ging davon aus, dass der Trank eine beseelende Wirkung hatte."

„Na, dafür muss man doch nicht bei einer unbescholtenen Dame einbrechen?!", stellte der Mann fest. „Ein Gang in einen der Spirituosenläden wäre da doch viel einfacher. Und auch längst nicht mit solchen Konsequenzen behaftet."

Sie konnte ihm nur zustimmen.

„Dabei hat er das Wichtigste an dem Rezept auch gar nicht gefunden!", erklärte sie.

„Ach nein?", der Mann wurde neugierig.

„Zum Schluss gab ich zu dem Getränk eine winzig

kleine Messerspitze von einem Pulver, das mir meine Mutter hinterlassen hat. Nur habe ich es nicht mehr gefunden. Ich muss es verlegt haben. Aber ohne diese Zutat kann das Getränk nicht seinen Zauber entfalten. Es schmeckt nur winterlich und würzig, aber es ist nichts weiter als ein Punsch."

„Madame", setzte der Polizist noch einmal geduldig an. „Sie meinen also wirklich, dass es bei dem brutalen Überfall auf Sie darum ging, das Rezept für den Punsch zu stehlen?"

Als Antwort bekam er von Madame Flavicaus nur ein nachdrückliches Nicken.

„Hm. Dann warten wir ab, was die Befragung der Nachbarn im Haus gegenüber ergibt."

Völlig übermüdet und gerade noch pünktlich kam Madame Flavicaus an diesem Morgen in die Fabrik. Die Beamten hatten mit ihrer Befragung und der Spurensicherung so weit abgeschlossen, dass in ihrer Wohnung und im restlichen Haus nichts mehr zu tun war.

Die Suche nach Zeugen aus den benachbarten Häusern der Straße wurde im Laufe der Tage fortgesetzt. Aufgrund der frühen Stunde und, weil außer der Beschädigung von Madame Flavicaus Gesundheit kein weiterer großer zu beziffernder Schaden entstanden war, übertrug man diesen

Teil der Ermittlungen der normalen Tagesschicht der Polizei.

Einen Moment war Madame Flavicaus versucht, dem freundlichen Beamten zu erklären, dass das gestohlene Rezept durchaus einen hohen Wert für sie hatte, aber sie befürchtete, sich lächerlich zu machen.

„Meine Gute!", begrüßte die Vorarbeiterin sie besorgt, als sie mit dem hastig übergeworfenen grauen Arbeitskittel und der Haube auf ihrem Haar an das Produktionsband trat.

„Sie sehen heute mehr als schlecht aus. Ich fürchte, Ihnen sind die ganzen doppelten Schichten nicht bekommen und Sie haben sich übernommen."

Madame Flavicaus schüttelte den Kopf.

„Die Schichten sind es nicht gewesen. Und ich brauche das Geld."

Die Vorarbeiterin wartete, ob sie noch weitere Erklärungen bekam. Aber Madame Flavicaus schwieg.

In der Mittagspause ging sie in den Waschraum, um sich ein wenig zu erfrischen. Dabei fiel ihr Blick in den Spiegel. Jetzt wusste sie, was ihre Vorgesetzte meinte. Mit ihren inzwischen blutunterlaufenen Augen und ihrer vom Schreck noch ganz fahler Haut sah sie aus wie ein Gespenst. Gerade als sie sich einen Schwung kaltes Wasser in ihr Gesicht spritzen wollte, trat die Vorarbeiterin hinter sie.

„Meine Liebe, ich habe in unseren Schichtplan geguckt und mit den Kolleginnen gesprochen. Es wird zwar nicht einfach, aber bitte gehen Sie nach Hause und ruhen sich aus. Zumindest den Rest des Tages und morgen."

Sie legte bei ihren Worten Madame Flavicaus die Hand leicht auf die Schulter.

„Nein. Ich bin in Ordnung!", wehrte Madame Flavicaus das Angebot ab. Aber es klang halbherzig und müde aus ihrem Mund. Sie merkte erst jetzt, wie erschöpft sie war.

„Packen Sie Ihre Sachen für heute und kommen noch einmal kurz in mein Büro", bat die Vorarbeiterin sie.

Madame Flavicaus tat, wie ihr geheißen. Keine fünf Minuten später klopfte sie zaghaft an die Tür der Frau.

„Treten Sie nur ein!", rief diese. Als Madame Flavicaus hereinkam, sah sie die Frau breit lächelnd hinter einem schweren Schreibtisch sitzen.

„Madame!", sagte sie feierlich und bat sie, ihr

gegenüber auf einem der Stühle Platz zu nehmen.

„Sie können sich denken, dass es nicht üblich ist, den Lohn schon nach so kurzer Zeit auszuzahlen?"

„Natürlich!", rief Madame Flavicaus erstaunt und auch etwas überrascht. Denn sie konnte sich nicht erinnern, jemanden um einen Vorschuss gebeten zu haben.

„Ich will Ihnen nicht zu nahe treten, aber das, was Sie hier in den letzten Wochen getan haben, war recht ungewöhnlich. Viele unserer Neueinstellungen geben schon nach ein, zwei Tagen auf und suchen sich eine Arbeit, bei der sie nicht in aller Herrgottsfrühe aufstehen müssen, um körperlich zu schuften. Und Sie?"

Die Vorarbeiterin sah Madame Flavicaus mit großen Augen an.

„Sie melden sich gleich am ersten Tag freiwillig für die Vertretung in der Spätschicht. Und als Sie dort nicht mehr gebraucht werden, machen Sie gleich mit den Sonderschichten am Wochenende weiter.

Es geht mich nichts an, und ich weiß sehr zu schätzen, dass Sie mich nicht um einen Vorschuss gebeten haben, denn diesen hätte ich ablehnen müssen. Aber Ihr Arbeitseifer und Ihre Zähigkeit lassen mich vermuten, dass Sie das Geld, das Sie bereits verdient haben, dringend gebrauchen können."

Sie reichte Madame Flavicaus einen dicken, braunen Umschlag über den Tisch.

„Verraten Sie es nicht den anderen Arbeiterinnen, denn so eine Ausnahme kann ich normalerweise nicht machen ...", bat die Vorarbeiterin sie.

„Und jetzt Marsch nach Hause. Schlafen Sie sich aus und genießen Sie Ihren freien Tag. Vor übermorgen will ich Sie hier nicht wiedersehen." Mit diesen Worten erhob sie sich und hielt Madame Flavicaus lächelnd die Tür auf.

„Tausend Dank!", murmelte Madame Flavicaus ergriffen. Dann versagte ihr die Stimme.

„Fahren Sie vorsichtig!", rief die Vorarbeiterin ihr noch hinterher.

Am nächsten Morgen fühlte sich Madame Flavicaus deutlich besser. Sie trank zwei starke Mokka und griff sich dann den Umschlag mit ihrem Geld. Ehrfürchtig zählte sie die Scheine und steckte sie in die weiten Taschen ihres Rockes.

Dick eingepackt in ihre Winterjacke, Mütze und Schal trat sie auf die Straße. Es war Zeit, den Händlern aus ihrem Viertel die Waren zu zahlen, die sie in den letzten Wochen und Monaten hatte dort anschreiben dürfen.

Als sie aus ihrer Straße bog, kam ihr ein schwerer Umzugswagen entgegen. Er schlitterte kurz auf der glatten Straße, und der Fahrer drohte für ein paar Sekunden die Kontrolle über das Fahrzeug zu verlieren. Langsam kam der LKW auf Madame Flavicaus zu. Aber dann fanden die Reifen auf einem Stück Schotter Halt. Er bekam in letzter Sekunde die Kurve, ohne sie oder eines der geparkten Autos am Fahrbahnrand zu touchieren.

Madame Flavicaus war so überrascht, dass sie völlig vergessen hatte, zur Seite zu springen. Jetzt atmete sie erleichtert aus und ging weiter.

Hinter sich hörte sie den Fahrer des Umzugswagens rufen: „Madame, bitte entschuldigen Sie! Ich hoffe, Sie haben keinen Schreck bekommen. Bei uns im Süden kennen wir solch eine Glätte nicht."

Sie winkte ihm freundlich hinterher, ohne sich umzudrehen, und ging weiter. Die Hände hatte sie in ihren Rocktaschen zu Fäusten geballt, um sie zu wärmen. Immer wieder stießen sie beim Gehen gegen das Geldbündel, das sie bei sich trug. Es war nicht viel, alles kleine Scheine, denn die Fabrik zahlte wenig. Aber mit etwas Glück würde es zum Ausgleich ihrer Außenstände reichen.

Madame Flavicaus trat in dem ersten der Läden durch die Tür. Ihr Besuch wurde mit dem hellen

Läuten kleiner Glocken angekündigt, die der Besitzer gleich an den Eingang gehängt hatte. Es roch nach würzigem Käse und etwas säuerlichem Quark.

„Meine Liebe!", wurde sie herzlich begrüßt. Der Eigentümer kam freudig auf sie zu und wischte sich dabei seine Hände an der strahlend weißen Schürze ab, die sich vor seinem mächtigen Bauch wölbte.

„Was darf ich für Sie tun? Kann ich Sie mit einem großen Stück von unserem Bergkäse begeistern? Er ist ganz frisch heute reingekommen."

Er schüttelte ihr die Hand, so als ob sie eine alte Freundin wäre.

„Vielleicht", wägte Madame Flavicaus ab. „Als Erstes möchte ich mich ganz besonders bei Ihnen bedanken, weil Sie mir in den letzten Monaten einen Kredit bei sich gewährten."

Sie erwiderte seinen Händedruck.

„Aber gewiss doch, gewiss doch! Kommen Sie und probieren Sie meine neuen Spezialitäten", bat der Besitzer sie und führte sie an einen kleinen Stehtisch, auf dem er allerlei Käsesorten und frisches Brot aufgeschnitten hatte.

„Nein, nein!", wehrte sie ab. „Leider sind Sie nicht der Einzige auf meiner Liste, und zunächst möchte ich gerne meine Schulden begleichen. Dann komme ich wieder und nehme einen Happen mit Ihnen."

Der Mann willigte etwas enttäuscht ein und rechnete auf ihre Bitte hin Madame Flavicaus Außenstände zusammen. Es war weniger, als sie vermutet hatte. Als er ihren überraschten Gesichtsausdruck sah, lächelte er nur zufrieden und schwieg. Madame Flavicaus zog einige Scheine aus ihrer Rocktasche und drückte sie dem Eigentümer in die Hand.

„Und nochmals, tausend Dank für Ihr Verständnis."

Madame Flavicaus wurde genauso überschwänglich verabschiedet, wie sie begrüßt worden war. Wieder auf der Straße, fühlte sie, wie ihr ein wenig leichter ums Herz wurde.

Als Nächstes lag der Fleischer auf ihrem Weg. Er freute sich ebenso, Madame Flavicaus zu sehen, noch bevor er ahnte, dass sie nicht gekommen war, um erneut um einen Aufschub der Zahlungen zu bitten. Auch er versuchte sie zu einem kleinen Imbiss zu überreden. Aber Madame Flavicaus vertröstete auch ihn und beglich ihre Schulden.

Genauso ging es ihr bei dem Gemüsehändler und dem Kaufmannsladen.

Nun war nur noch der kleine Laden an der Ecke übrig, in dem ein Mann Gewürze und Getränke verkaufte. Es war ihr liebster Laden, denn der Herr verstand es, seine Kundschaft immer wieder mit eigens gemischten Tees, selbstkreierten Pralinen, Gebäck oder Brotaufstrichen zu begeistern. An ihm war ein Koch verloren gegangen, aber er lebte seine Liebe zu den Lebensmitteln tagtäglich aufs Neue aus, indem er diejenigen, die sein Geschäft betraten, mit seinen neuesten Experimenten begeisterte.

Fast beschwingt öffnete Madame Flavicaus die Ladentür, voller Vorfreude, was sie wohl heute würde kosten dürfen.

Sie prallte erschrocken zurück. Aus dem Laden schlug ihr ein verdammt vertrauter Geruch entgegen. Sie kippte rückwärts auf den Gehsteig und fiel. Sofort eilte der Händler ihr entgegen.

„Madame!"

Er hielt ihr die Hand hin, um ihr beim Aufstehen zu helfen.

„Sie sind gestürzt. Haben Sie sich etwas getan?"

Madame Flavicaus ignorierte seine Hand und rappelte sich mühsam wieder auf.

„Nein, nein. Es war wohl eine glatte Stelle auf dem Gehsteig ...", murmelte sie und folgte dem Blick des Ladeninhabers über den saubergefegten Weg vor seinem Laden.

„Aber, kommen Sie doch herein. Auf den Schreck tut Ihnen sicher ein warmes Getränk gut. Und ich habe gerade zufällig einen ganz außergewöhnlichen Punsch aufgekocht."

Madame Flavicaus folgte ihm in den Laden und rieb sich dabei die Stellen, auf die sie gefallen war. Die Zahl ihrer blauen Flecke hatte sich im Laufe der letzten Tage vervielfacht.

Der Herr bat sie, in einer kleinen Ecke Platz zu nehmen. Dort hatte er einen Holztisch mit zwei einfach gezimmerten Stühlen beisammen gestellt, um interessierte Käufer das eine oder andere Getränk kosten zu lassen. Vorzugsweise den schweren roten Wein, den man in dieser Region besonders im Winter gerne trank.

„Madame", begann der Mann, dann verschwand er aufgeregt in seinem Hinterzimmer, dort, wo Madame Flavicaus eine kleine Küche vermutete, in der er seine köstlichen kulinarischen Kreationen schuf. Kurz darauf kehrte er mit einem großen Tonbecher zurück, aus dem ihr ein köstlicher und vertrauter Geruch entgegenwehte.

„Bitte probieren Sie!", forderte der Ladenbesitzer sie auf und hielt ihr den Becher entgegen.

Mit zitternden Händen übernahm Madame Flavicaus das ihr entgegengehaltene Getränk und schnupperte noch einmal daran. Der Mann deutete ihre Neugier falsch und vermutete, sie hätte Vorbehalte gegen den Trank.

„Trinken Sie, trinken Sie! Er soll Wunder wirken!", bestärkte er Madame Flavicaus. Wie in Trance nahm sie den ersten Schluck.

Und sie war sich sofort sicher: Es roch nicht nur nach ihrem Punsch, sondern das, was der Ladenbesitzer zusammengebraut hatte, schmeckte auch exakt genauso, wie es ihr Trank tat, den sie nach dem alten Rezept ihrer Sippe gebraut hatte.

In ihrem Kopf wirbelten die Gedanken durcheinander. Was war geschehen? Woher hatte der Mann das Rezept? Wieso gerade jetzt, wo es ihr gerade geraubt worden war?

Verwirrt stürzte sie aus dem Laden. Der Mann rief ihr hinterher, sie solle doch zurückkommen und sich die Zeit nehmen, um noch mehr von dem Getränk zu genießen. Sie hätte ja nur daran genippt. Aber Madame Flavicaus lief kopflos die Straße hinunter. Erst als sie wieder vor der Tür des Käsehändlers stand, hatte sie sich etwas beruhigt.

Sofort öffnete sich die Ladentür.

„Wie schön, Madame, dass Sie noch einmal zurückgekommen sind, um von den neuen Käsesorten zu probieren, die frisch eingetroffen sind."

Der Händler bat sie hinein, erfreut über ihren erneuten Besuch. Er nahm sie mit an den kleinen Stehtisch, an dem er seine liebsten Kunden verköstigte, und schnitt ihr allerlei Käse auf. Sie zwang sich, der Einladung zu folgen. Bei jedem Bissen wurde sie ruhiger und bekam mehr Abstand zu ihrer erschreckenden Entdeckung.

Der Käsehändler unterhielt sie mit amüsanten Anekdoten seiner Kundschaft. Madame Flavicaus fiel auf, wie sehr er diese Menschen mochte, und lächelte über seine Geschichten.

„Madame, ich fühle mich geehrt, dass Sie noch einmal zurückgekommen sind", sagte er, und sie hörte heraus, dass er es genauso meinte.

Madame Flavicaus war gerührt, und ihr stieg eine Träne in die Augen. Sie griff in ihre weiten Rocktaschen, um nach einem Stofftaschentuch zu kramen. Dabei griff sie wieder in ihr Bündel Geld. Ihr fiel ein, dass sie noch nicht alle ihre Schulden bezahlt hatte. Sie war aus dem Geschäft des Gewürze- und Getränkehändlers gestürzt, ohne ihre Außenstände zu begleichen. Sie verabschiedete sich hastig und begab sich noch einmal die Straße hinunter.

Madame Flavicaus war etwas aufgeregt und auch verwirrt, denn noch immer konnte sie sich nicht erklären, wie der Händler zu ihrem Punsch-Rezept gekommen war. Sie zählte im Gehen schon das Geld ab, das sie dem Ladenbesitzer ihrer Rechnung nach schuldete, und legte dann noch ein paar Scheine drauf. Sie wollte ihm das Geld geben, ihn zur Rede stellen und dann gleich wieder verschwinden.

Als sie angekommen war, drückte sie, noch im Schwung, die Ladentür auf. Na ja, wenigstens versuchte sie es. Aber ihre Bewegung wurde jäh gebremst. Zwar ließ sich die Klinke ohne Weiteres herunterdrücken, jedoch blieb die Tür verschlossen. Madame Flavicaus rüttelte ein paar Mal und klopfte an die Scheibe.

Verwundert trat sie einen Schritt zurück. Das Geschäft war dunkel, alle Lichter waren gelöscht. Jetzt erkannte sie auch, dass ein großes Schild in der Schaufensterscheibe baumelte. GESCHLOSSEN stand darauf geschrieben. Es schwang leicht hin und her, so als ob es gerade erst dorthin gehängt worden wäre.

„Wie ungewöhnlich", sagte sie sich. Denn sie wusste, dass die Läden in dieser Gegend allesamt bis zum Abend geöffnet hatten. Und jetzt war es erst Nachmittag. Trotzdem wollte sie auf keinen Fall bei diesem Mann in der Schuld stehen. Sie ging gleich in das Geschäft nebenan. Als man ihr dort sagte, man wisse nichts von einem vorzeitigen Feierabend des Gewürz- und Getränkehändlers, ließ sich Madame Flavicaus einen Zettel und einen Stift geben. Sie schrieb ein paar Zeilen, unterzeichnete das Ganze und ohne dass sie danach fragen musste, wurde ihr ein Briefumschlag gereicht. Dann legte sie das Geld und den kleinen Brief in den Umschlag und schob ihn unter der Ladentür hindurch.

Eine Weile blieb sie danach noch vor der geschlossenen Tür stehen, unsicher, was sie als Nächstes tun sollte. Die Stimmung für ein unbeschwertes Gespräch mit einem der anderen Ladenbesitzer war verflogen. Und satt gegessen hatte sie sich auch an den großen Happen, die der Käsehändler ihr gereicht hatte.

Sie betrachtete die Außenfassade des Geschäftes genauer und sah unter dem Schild mit der Aufschrift GESCHLOSSEN ein paar geschriebene Zeilen. Ganz klein stand dort: Ladenbesitzer Emil Berat, Petunia 3. Madame Flavicaus überlegte nicht lange. Sie raffte ihre Röcke und machte sich auf den Weg zu der angegebenen Adresse.

Der Weg war deutlich länger, als sie dachte. Aber

sie hastete ungeachtet der Kälte und der glatten Stellen auf dem Gehweg dorthin, so schnell sie konnte.

Wieso kochte dieser freundliche und friedliebende Mensch plötzlich ihren Punsch? War er gar der Dieb, der sie bedroht, getreten und geschlagen hatte? Hatte er sich vielleicht sogar bewusst ihr Vertrauen in den vergangenen Jahren erschlichen? In ihrem Kopf rasten die Gedanken. Sie überlegte, ob sie ihm gegenüber je ihr wunderbares Rezept erwähnt hatte. Zu ihrem großen Leidwesen konnte Madame Flavicaus nicht mit Sicherheit sagen, dass es nicht so war. Hatte sie ihm vielleicht sogar über die überraschende Wirkung des Getränkes auf die Putzfrau und die Dame aus dem Büro vorgeschwärmt? Madame Flavicaus plauderte gerne mit den Ladenbesitzern und besonders, seit sie bei ihnen anschreiben musste. Jetzt schalt sie sich, was sie für eine redselige Person war, die damit eventuell sogar selbst ein wenig für den brutalen Überfall verantwortlich war.

Die Petunia war eine schöne Wohnstraße mehrere Blöcke von ihrer eigenen Wohnung entfernt. Es war ein Viertel, in dem viele Bürger der Stadt wohnten, die sich ein kleines Haus leisten konnten. Madame Flavicaus kannte die Gegend gut. Alle Straßen waren nach Blumen benannt. Neben der Petunia gab es noch weitere Straßen mit ungewöhnlichen Namen wie die Azalea, die Rhododendronia und die Rosenia.

Hier hatte sie in mehreren privaten Häusern ihr erstes Geld als Putzfrau verdient. Das war lange her. Noch bevor die Wirtschaftskrise das Land erschütterte und viele der Hausherren zuerst sie auf die Straße setzten und später größtenteils selbst aus ihren Häusern ausziehen mussten.

Madame Flavicaus stiefelte über die Auffahrt zur Hausnummer drei. Sie klingelte und stemmte dann die Arme in die Seite. Bereit, Emil Berat mit der Frage nach der Herkunft seines Punsch-Rezeptes zu konfrontieren.

Im Haus blieb es ruhig. Sie hörte kein Scharren, keine Schritte, einfach nichts. Noch einmal drückte sie auf die Klingel. Dann nochmal und nochmal. Aber hinter den Mauern rührte sich keiner.

Sie machte ein paar Schritte vom Haus weg und sah, dass dort kein Licht brannte. Trotzdem stapfte sie durch den hartgefrorenen Schnee um das Gebäude herum und versuchte, in eines der Fenster zu spähen. Aber die lagen zu hoch.

Auf der Rückseite des Hauses ging der Garten in eine Terrasse über. Dahinter hatte das Haus verglaste Scheiben vom Boden bis zur Decke. Das musste das Wohnzimmer sein. Sie wagte einen Blick in das Haus. Aber ihr kam nichts ungewöhnlich vor. Sie sah ein breites Sofa, einen Tisch, einen Kamin und mehrere Regale mit Büchern an der Wand. All das, was sie sich auch in dem Wohnzimmer eines mittelalten Herren wie Emil Berat vorgestellt hätte.

Obwohl es ganz den Eindruck erweckte, als ob niemand zu Hause wäre, ging sie nochmals zu der Haustür und drückte die Klingel. Als nichts geschah, zog sie unverrichteter Dinge wieder ab.

Verwirrt ging sie nach Hause. Jetzt, wo sie langsamer unterwegs war und die Aufregung verflog, spürte sie auch die beißende Kälte.

In ihrer Straße sah sie schon von Weitem einen Umzugswagen vor dem Haus gegenüber. Der Motor wurde gestartet und brummte laut, so als ob er in der Kälte nicht richtig in Schwung kommen wollte. Sie lächelte gedankenverloren den Fahrer an. Erst als sie ihre Wohnungstür aufschloss, wurde ihr klar, dass der Mann ausgesehen hatte wie Bernard Bateau. Es gab ihr einen Stich ins Herz.

„Nein", schalt sie sich. „Du siehst Gespenster. Das kann er nicht gewesen sein. Der Mann in dem Umzugswagen war mindestens zwanzig Jahre jünger."

Trotzdem konnte sie nicht anders. Sie guckte zum ersten Mal seit Wochen in die Fenster der gegenüberliegenden Wohnung. Was sie sah, waren nur dunkle Räume.

An diesem Abend saß Madame Flavicaus lange in ihrem gemütlichen Sessel und dachte nach. Sie hatte kein Licht gemacht, und auch gegenüber blieb die Wohnung dunkel. Ein voller Mond brach durch die Wolken und beleuchtete die Straße und die Fenster von Bernard Bateaus Wohnung.

Madame Flavicaus erschrak. Die gegenüberliegende Wohnung war leer. Nicht nur, dass dort nicht ihr Nachbar zu sehen war, auch die Schränke, Vitrinen und Bilder an den Wänden schienen verschwunden. Stattdessen sah sie durch das fahle Licht nur kahle Wände, Schatten in den zahlreichen Nischen, ein Kehrblech und einen Besen, der gegen eine Verbindungstür gelehnt war.

KAPITEL 8

Am nächsten Morgen begann für Madame Flavicaus wieder früh der Arbeitsalltag in der Fabrik. Sie wurde von ihren Kolleginnen herzlich empfangen. Und auch die Vorarbeiterin war froh, sie wieder zu sehen.

„Madame!", begrüßte sie sie. „Sie sehen wieder frischer aus. Konnten Sie sich etwas erholen?"

Madame Flavicaus fühlte sich zwar ganz und gar nicht erholt, aber sie war dankbar und froh, wieder in der Fabrik zu sein und von ihren trüben Gedanken abgelenkt zu werden. Deswegen lächelte sie freundlich und nickte.

Als sie an diesem Abend nach Hause fuhr und der kalte Wind ihr durch das Kopftuch die dunklen Locken zerzauste, sagte sie sich: „Wie schön das Leben doch ist!"

Sie war glücklich, dass ihre Kolleginnen sie so freundlich empfangen hatten, obwohl sie fast zwei Tage ihre Arbeit mitmachen mussten. Sie war froh, dass ihre Vorarbeiterin ihr den Vorschuss gegeben hatte und sie so ihre gesamten Schulden begleichen konnte, wenn auch nicht bei allen persönlich. Und sie war dankbar, dass sie einen so zuverlässigen fahrbaren Untersatz hatte, der ihr die Zeit zu ihrer Arbeit jeden Morgen und Nachmittag deutlich kürzer hielt, als wenn sie mit dem Bus hätte fahren müssen.

Sie machte einen Abstecher durch die Ladenzeile ihres Viertels. Aber der Gewürz- und Getränkehändler hatte schon geschlossen. Also begab sie sich nach Hause und beschloss, ihn bei ihrem nächsten Einkauf zur Rede zu stellen.

Aber noch etwas anderes beschäftigte sie. Die Gedanken an ihren Nachbarn ließen sie nicht ruhen. An diesem Abend nicht und auch nicht an dem nächsten. Als sie am übernächsten Tag noch immer keine Ruhe fand, da fiel ihr ein, dass sie auch keine weiteren Briefe von ihm erhalten hatte. Schon eine Weile nicht. Ob er ihr in einem der Briefe geschrieben hatte, dass er verzog? Ob er ihr gegenüber seinen Weggang begründet hatte?

Die Neugier packte sie und sie ging an ihre schwere Truhe, um eine Antwort auf ihre Fragen zu finden. Sie öffnete den Deckel und schaute hinein. Überall lagen ihre Erinnerungsstücke durcheinander. Sie konnte sich nicht erinnern, so eine Unordnung gemacht zu haben. Vorsichtig kramte sie in der Truhe die unten liegenden Gegenstände nach oben. Aber sie konnte die Briefe nicht finden.

„Wie sonderbar", sagte sie sich und begann, ihre kleine Wohnung zu durchsuchen.

„Vielleicht habe ich doch bei dem Überfall einen stärkeren Schlag auf den Kopf bekommen als vermutet und habe die Briefe bei der Suche nach dem Beutel meiner Mutter woandershin verlegt?", versuchte sie, sich das Verschwinden zu erklären.

Es war Samstagnachmittag, als sich Madame Flavicaus erneut zum Gewürz- und Gemüsehändler aufmachte. Dick in ihre Jacke gepackt, mit Kopftuch und Schal, stapfte sie durch die Kälte. Für einen Samstag war sehr wenig los auf der Straße. Wer nicht raus musste, der sperrte das Wetter aus und blieb in seinen beheizten Räumen.

Wieder war der Laden geschlossen. Ein Blick durch die Glastür auf den Fußboden bestätigte ihr, was sie schon vermutet hatte: Ihr Umschlag war weg. Sie meinte, im hinteren Bereich des Geschäftes einen Schatten zu sehen, der sich bewegte. Sie winkte. Aber der Ladenbesitzer kam nicht nach vorne, um sich ihren Fragen zu stellen.

Enttäuscht machte sie ihre Einkaufsrunde. In ihre

Gespräche mit den Besitzern der anderen Läden ließ sie wie zufällig eine Frage nach dem geschlossenen Laden einfließen. Aber als Antwort bekam sie nur ein Schulterzucken. Die Zeiten waren schon lange vorbei, in denen die Besitzer sich Angestellte leisten konnten und während der Öffnungszeiten durch die Straße flanierten und den ein oder anderen Schwatz mit anderen Ladenbesitzern hielten. Aufgrund der schlechten wirtschaftlichen Situation waren alle gezwungen, selber im Verkauf zu stehen.

Sie kam nicht weiter. Schwerbeladen mit ihren Einkaufstüten machte sie sich auf den Heimweg. Und beschloss für sich, ihre offenen Fragen für dieses Wochenende ruhen zu lassen.

Als sie ihre Wohnungstür öffnete, kam ihr wohlige Wärme entgegen. Jetzt, wo sie bereits einen Vorschuss von der Fabrik erhalten hatte, konnte sie es sich wieder leisten, ihr Heim zu heizen.

Sie kochte sich eine Suppe und setzte sich mit einer randvoll gefüllten Schale an ihren Esstisch.

„Wie schön mein Leben doch ist!", sagte sie sich. Sie wischte den Gedanken an den Überfall und das geklaute Punsch-Rezept beiseite und freute sich, dass sie ihre Wohnung wieder ordentlich heizen konnte, ohne Angst zu haben, dass sie kein Geld für die Rechnung haben könnte. Sie war froh, dass sie es sich leisten konnte, wieder bei den Händlern einzukaufen, ohne anschreiben zu müssen.

Und sie sah am Kalender, dass das Jahr bald vorbei war und dann auch der Frühling nicht mehr fern. Es waren nur noch wenige Tage bis Weihnachten.

Madame Flavicaus war gerade dabei, ihre Suppe genüsslich auszulöffeln, da klingelte es an der Tür. Lächelnd drückte sie auf den Türsummer und öffnete. Neugierig, wer sie an diesem schönen Tage besuchen wollte.

Von unten war schweres Stapfen zu hören, das langsam lauter wurde. Sie tippte bei dem Besuch auf einen Mann. Schon von dem Knarzen der Treppenstufen her, die unter dem Gewicht unwillige Geräusche von sich gaben. Vielleicht sogar ihr Nachbar? Obwohl das sehr abwegig war, begann ihr Herz zu hüpfen. Aber nur kurz. Denn dann zeigte sich der Besucher auf dem Treppenabsatz. Es war ein Polizist.

Madame Flavicaus nahm als Erstes die Uniform wahr, dann schaute sie sich den Mann, der darin steckte, genauer an. Aber sie kannte ihn nicht.

„Madame Flavicaus?", fragte er schnaubend und machte einen Augenblick Pause. Er wog sicher so viel wie fünf Säcke Mehl, rechnete sie sich in

Gedanken vor. Das waren weit über hundert Kilo. Kein Wunder, dass ihm der Aufstieg so schwerfiel.

„Aber ja doch, das bin ich!"

Sie nickte ihm freundlich zu und hielt die Tür offen. „So ein freundlicher Mensch", sagte sie sich dabei. Sie war beeindruckt, dass ein Beamter am Wochenende persönlich zu ihr kam, um ihr Auskunft über den aktuellen Stand der Ermittlungen zu geben.

Ohne ihr Lächeln zu erwidern, machte sich der Mann schnaubend und stöhnend an den letzten Absatz und trat in Madame Flavicaus Wohnung. Noch völlig außer Atem sah er sich um.

„So setzen Sie sich doch", bat ihn Madame Flavicaus und zeigte auf ihren Esszimmertisch, der zwischen Wohnzimmer und Küche stand. Ihr Blick fiel auf die Schüssel mit Suppe, die nun nicht mehr so stark dampfte.

„Darf ich Ihnen auch eine wärmende Mahlzeit anbieten? Eine stärkende Suppe vielleicht?"

Der Polizist schüttelte den Kopf und ließ sich schwer atmend auf den ihm angebotenen Stuhl fallen.

„Warum ich hier bin, Madame ...", begann er mit ernstem Gesicht, „... ist weit weniger erfreulich, als Sie denken."

„Oh, gibt es etwas Neues zu dem Überfall?"

„Sie wissen davon?"

Der Mann schaute sie mit unergründlichem Gesichtsausdruck an.

„Aber natürlich. Schließlich war ich ja dabei!"

„Madame?!", rief der Polizist aus. „Dann muss ich Sie hiermit festnehmen! Sie stehen unter dringendem Mordverdacht an Herrn Emil Berat!"

KAPITEL 9

„Bitte noch einmal von vorne!"

Der Polizist sah Madame Flavicaus über seinen Brillenrand hinweg skeptisch an. Sie saß in einem kalten Verhörraum auf der Wache, betrachtete ihre Hände und überlegte, ob sie ein wichtiges Detail vergessen hatte.

„Es roch in seinem Laden nach Zimt, Fliederbeeren und Anis. Der Geruch kam mir sofort vertraut vor. Genau dieser Duft erfüllte meine Wohnung, wenn ich mir meinen wunderbaren Punsch kochte. Das Rezept wurde mir bedauerlicher Weise gestohlen."

„Und Sie meinen ...?", der Beamte ließ den Rest des Satzes offen.

„Ich weiß nicht, was ich meinen soll. Ich weiß doch selber nicht, wie das alles zusammenhängt. Klar ist mir nur, dass er mein Rezept kannte."

„Aber Madame, sind Sie sich wirklich sicher?"

Der Polizist lehnte ihr gegenüber an der kahlen Wand und sah sie skeptisch an.

„So, wie Sie mir die Zutaten schildern, wird es

doch wohl ein ganz gewöhnlicher Punsch sein, den der gute Emil dort für seine Kundschaft gebraut hat."

Madame Flavicaus senkte ihren Kopf und flüsterte: „Und warum ist er dann tot?"

„Das versuche ich ja gerade von Ihnen zu erfahren! Schließlich waren Sie nach den Aussagen der Zeugen die Letzte, die ihn zu Gesicht bekam."

Sie schwieg. Denn sie wusste keine Antwort.

„Außerdem hat man Sie bei ihm zu Hause gesehen. Die Nachbarn haben Sie erkannt und eine genaue Beschreibung abgeliefert."

Madame Flavicaus nickte.

„Sie müssen ihn doch weit besser gekannt haben, als Sie hier behaupten! Woher sonst wussten Sie, wo er wohnt?"

„Es stand auf dem kleinen Schild in seinem Ladenfenster!", versuchte sie sich zu verteidigen. Ihre Stimme klang schwach.

„Und das haben Sie gelesen? Die Ruhe hatten Sie? In Ihrer Wut und Empörung, von der Sie berichteten und die auch einige der Kunden aus den umliegenden Läden uns geschildert haben, die Sie zu seinem Geschäft haben stürmen sehen?"

Gerade wollte Madame Flavicaus zu einer Erklärung ansetzen, da wechselte der Beamte das Thema.

„Was hat es mit dem Umschlag auf sich?"

„Ich ... äh ..."

Madame Flavicaus schämte sich dafür, dass sie lange kein Geld gehabt hatte, und drückte sich um eine ehrliche Antwort.

„War es nicht so, dass Sie bei ihm Schulden hatten?"

Madame Flavicaus schluckte.

„War es nicht so, dass Sie zufällig nach seinem Tode plötzlich Geld hatten? Genügend, um alle Ihre Außenstände in den umliegenden Läden zurückzuzahlen?"

Madame Flavicaus blieb der Mund offen stehen. Sie wollte erklären, dass es genau andersherum war. Dass sie zuerst ihre Schulden bei allen zurückgezahlt hatte und erst als Letztes zu Emil Berat kam.

Aber es schnürte ihr die Kehle zu. Sie schluckte ein paar Male und krächzte: „So war es nicht! Herr Kommissar ..."

„Jetzt hören Sie mir bitte zu. Wie war es denn dann? Soll ich noch einmal die Fakten wiederholen? Ein Mann wird umgebracht. Seine Kasse steht offen und ist leer. Und das, obwohl er nachweislich Kunden an diesem Tag hatte, die ihm Einkünfte beschert haben müssen. Sie haben Schulden. Plötzlich kommen Sie mit den Rocktaschen voller Geld und geben allen Händlern das zurück, was dort von Ihren Rechnungen noch offen war. Mit einem Schlag. Sie sollen nicht einmal eine Geldbörse bei sich gehabt haben!"

„Das stimmt. Aber warum sollte ich denn einem Toten das Geld noch unter der Tür durchschieben, so, wie ich es getan habe? Und wieso sollte ich mich in den anderen Läden verdächtig machen, indem ich mir noch einen Umschlag dafür leihe?"

Madame Flavicaus fand glücklicherweise ihre Stimme wieder.

„Zur Tarnung natürlich!"

„Wie? Das finde ich aber ziemlich auffällig dafür, dass ich mich tarnen wollte."

„Madame, ich erkläre es mir so: Sie wussten, dass man Sie gesehen hatte, und brauchten eine logische Erklärung, warum Sie in der Straße waren und dort den Nachmittag bei dem kalten Wetter verbrachten. Der Umschlag mit dem Geld war eine Meisterleistung von Ihnen. Das muss ich Ihnen schon sagen! So konnten Sie so tun, als ob Sie eine unschuldige Kundin seien, die nur den

Händlern das zurückgeben wollte, was ihnen zustand."

Gerade wollte sie erklären, wie sie zu Geld gekommen war, da kam schon die nächste Frage.

„Warum waren Sie bei ihm zu Hause? Dachten Sie, dort wäre noch mehr zu holen? Reichte Ihnen nicht das, was Sie aus der Ladenkasse entwenden konnten?"

„Ich war wütend!", erklärte Madame Flavicaus, „Wütend und enttäuscht. Verwirrt war ich auch."

„Also eine Tat im Affekt!", stellte der Polizist fest.

„Nein. Ganz und gar nicht. Keine Tat! Kein Affekt!", verteidigte Madame Flavicaus sich.

„Was dann?"

„Stellen Sie sich doch vor, dass Sie überfallen werden. Man raubt Ihnen ein Rezept und schlägt Sie fast zusammen. Und dann weht Ihnen kurz darauf genau dieser Duft, den das Zubereiten des Rezeptes bewirkt, an einer völlig anderen Stelle entgegen."

„Hmmm? Hmmm!"

„Meinen Sie nicht, dass Sie auch verwundert wären? Und vielleicht auch verwirrt? Und wütend? Meinen Sie nicht, dass Sie auch gerne eine Erklärung gehabt hätten? Nach dem ersten

Schock?"

„Es geht hier nicht um mich, Madame."

„Ich bin mir durchaus bewusst, in was für einer misslichen Lage ich stecke. Was ich Ihnen sagen wollte, ist nur, dass ich keine Mörderin bin. Nicht einmal eine Fliege würde ich umbringen. Was ich bin, ist eine unschuldige Frau, die zu Unrecht verdächtigt wird."

„Warum dann der Besuch bei Berat zu Hause? Bei der Kälte? Normale Wut wäre schon längst auf dem Weg dahin verraucht, und Sie wären durchgefroren umgekehrt. Zeugen beschreiben, dass Sie nicht all zu warm angezogen waren an dem Tag."

„Ich dachte, dass ich dort einen Hinweis finde ...", flüsterte Madame Flavicaus ihre Erklärung.

Der Polizist trat einen Schritt auf sie zu und beugte sich etwas nach vorne, um sie besser verstehen zu können.

„Er war nicht im Laden. Die Tür war verschlossen. Ich dachte, dass er gemerkt hatte, dass ich ihm auf die Schliche gekommen war, und verschwinden wollte. Ich wollte ihn zur Rede stellen."

„Aber Madame. Warum? Dafür gibt es doch uns."

„Daran habe ich nicht gedacht."

„Warum meinen Sie überhaupt, dass ein so bekannter und geschätzter Gewürz- und Getränkehändler Ihnen ein gewöhnliches Punsch-Rezept entwenden sollte?"

Der Polizist wechselte wieder das Thema. Madame Flavicaus überlegte, ob das zu seiner Strategie gehörte. Zu seiner Taktik, die sie verwirren und zermürben sollte, so dass sie sich letztendlich ermattet in Widersprüche verwickeln würde.

Sie wollte gerade erwidern: „Es war aber nicht gewöhnlich! Ganz und gar nicht!", da fiel ihr auf, wie merkwürdig das wirken würde. Und dass sie sich damit wohl keinen Gefallen tat. Denn wenn sie wirklich von der ursprünglichen Zauberkraft des Trankes berichtete, dann würde man sie womöglich noch als unzurechnungsfähige Spinnerin einstufen und in eine Anstalt sperren. Also schluckte sie ihre Worte herunter und schwieg.

Das Verhör ging noch eine Weile hin und her. Und tatsächlich wurde Madame Flavicaus langsam müde. Einen Zustand, den sie nicht einmal ein klitzekleines bisschen an ihrem Gegenüber erkennen konnte. Wie konnte der Polizist so aufmerksam und wach bleiben, obwohl sie sich nun schon eine Weile bei der Befragung im Kreis drehten und nicht weiterkamen? Es war ihr ein Rätsel.

Gerade als ihr zum wiederholten Male die Augen drohten zuzufallen und sie schon bereit war, sich mit ihrem Schicksal abzufinden, als Mordverdächtige in eine Zelle gesperrt zu werden, räusperte sich der Beamte.

„Madame, ich glaube, für heute soll es genug sein."

Sie konnte sich nicht freuen, war nicht einmal erleichtert, denn sie befürchtete, nun mit den Schurken der Stadt in eine Zelle gesperrt zu werden.

KAPITEL 10

Aber nichts dergleichen geschah.

„Madame Flavicaus, gehen Sie nach Hause. Für heute beenden wir die Befragung!", sagte der Polizist mit einem fast freundlichen Lächeln und öffnete die Tür für sie.

„Sie sind eine schlagfertige Frau, wie ich eben feststellen durfte. Aber wenn es etwas gibt, was Sie uns verheimlichen oder doch die Mörderin sind, so finden wir das heraus. Bis auf Weiteres halten Sie sich einfach für weitere Befragungen bereit und verlassen nicht die Stadt."

Madame Flavicaus nickte. Ungläubig und sehr, sehr erleichtert trat sie aus dem Revier auf die Straße.

„Was ist nur geschehen?", fragte sie sich immer wieder, als sie den Weg nach Hause durch die vereisten Straßen ging.

„Wie kam Berat an das Rezept? Warum wurde ich überfallen? Warum wurde er umgebracht? Und wer steckt bloß dahinter?"

Es tat ihr leid um den Ladenbesitzer, den sie bis

zu ihrem letzten Besuch sehr gemocht hatte. Er war immer freundlich und zuvorkommend zu ihr gewesen und, nicht zu vergessen, hatte er ihr lange einen Kredit gewährt und ihr Einkäufe ermöglicht, ohne dass sie sofort hatte zahlen müssen. So ein Mensch würde doch nicht in der Lage sein, sie zu überfallen? Oder einen Raub bei ihr zu beauftragen? Und warum überhaupt? Schließlich konnte sie nicht mal sagen, dass Emil Berat wusste, dass sie das Rezept für einen zauberhaften Punsch hatte.

„Er nicht", schoss es Madame Flavicaus plötzlich durch den Kopf, „aber Bernard Bateau!"

Auf dem Absatz machte sie kehrt und lief zurück zur Polizeiwache. Der Pförtner staunte nicht schlecht, als er die gerade wegeilende Frau jetzt umso schneller zurückkommen sah.

„Können Sie mir helfen?", schwer atmend durch die ungewohnt schnelle Bewegung stand sie vor ihm.

„Bei mir wurde eingebrochen. Ich muss den Beamten sprechen, der bei mir zu Hause war. Es geht um einen Zeugen ..." Madame Flavicaus schilderte ihm die Details wie Datum, Adresse und nannte zum Schluss ihren Namen.

Der Wachmann bat sie, einen Augenblick in dem schäbigen Vorraum Platz zu nehmen, und tätigte einige Telefonate. Dann winkte er sie zu sich, noch immer den Hörer in der Hand.

„Leider ist er nicht im Haus", richtete er ihr aus.

Madame Flavicaus sank enttäuscht in sich zusammen.

„Aber ich habe eine junge Kollegin von ihm am Apparat, die auch bei Ihnen in der Wohnung war. Sie hätte kurz Zeit."

Begeistert stimmte sie zu. Wenige Augenblicke später saß sie vor einer freundlich aussehenden Polizistin. Beide erkannten sich sofort wieder. Die Beamtin hatte in der Wohnung von Madame Flavicaus die Spuren gesichert.

„Gibt es etwas Neues zu meinem Überfall?", platzte es aus Madame Flavicaus heraus, kaum dass beide Platz genommen hatten.

Diesmal war sie im Büro der Polizisten gelandet und nicht in einem der Verhörräume, was Madame Flavicaus wohlwollend bemerkte.

Die Beamtin stand kurz auf, griff in einen Aktenschrank und zog nach kurzem Suchen eine dünne Mappe daraus hervor.

„Moment ...", bat sie. Die wenigen Seiten waren schnell durchgeblättert, und Madame Flavicaus schielte neugierig auf den Inhalt der kleinen Akte. Sie meinte dabei, ihre Aussage zu erkennen, die sie in der Nacht gemacht hatte.

„Bernard Bateau, sagen Sie?", hakte die Polizistin nach.

Madame Flavicaus nickte gespannt.

„Stimmt, Sie haben ihn uns als möglichen Zeugen genannt. Aber hier ist eine Notiz ...", die junge Frau fuhr mit dem Zeigefinger über eine längere handgeschriebene Anmerkung, „... dass er dort gar nicht mehr wohnt."

„Ja, das habe ich geahnt. Aber sein Umzug war erst ein paar Tage später. Der Möbelwagen ist mir noch entgegengekommen."

„Hmm", die Beamtin blätterte weiter die Seiten vor und zurück.

„Ich spreche mit dem Polizisten, der Ihren Fall bearbeitet. Es gibt ja sicher eine neue Adresse von Ihrem Zeugen", versprach die Frau.

Madame Flavicaus machte sich etwas beruhigt auf den Weg nach Hause. Es würde alles gut werden, sagte sie sich dabei immer wieder.

Doch dann fielen ihr die verschwundenen Briefe ein, die sie in ihrer Truhe gelagert hatte. Sie beschleunigte ihren Schritt und hastete nach Hause. Dort angekommen, verschwendete sie keine Zeit. Sie durchsuchte ihr kleines Schlafzimmer, das Wohnzimmer, die winzige

Küche und sogar ihr Bad.

Hinter jeden Schrank und in jede Ecke leuchtete sie mit einer großen Kerze. Die einzige Entdeckung, die sie dabei machte, war, dass ihre Gardinen sehr schnell Feuer fingen. Sie musste aus der Küche einen Krug Wasser holen, um den kleinen Brand zu löschen, bevor Schlimmeres geschah.

Als sie eines der tönernen Gefäße aus dem Küchenregal zog, sah sie auf dessen Boden etwas Dunkles liegen. Fast hätte sie es in der Eile ignoriert und Wasser eingefüllt. Sie hatte den Krug schon unter dem Leitungshahn, als ihr klar wurde, was dort unten lag. Erst im letzten Augenblick zog sie das kleine Etwas an dem langen Lederband heraus. Es war der kleine Beutel mit Zauberpulver von ihrer Großmutter Esmeralda.

Vor Überraschung und Glück vergaß sie beinahe, dass nebenan gerade ihre Gardinen anfingen zu brennen. Erst als schon der Geruch des versenkten Stoffes zu ihr drang, fiel ihr wieder ein, was sie mit dem Krug Wasser gewollt hatte. Sie hängte sich das Beutelchen um den Hals, nahm den vollen Krug und trug ihn schnell in ihr Wohnzimmer.

Dort brannte der Stoff inzwischen lichterloh. Und

Madame Flavicaus rannte das eine um das andere Mal zwischen Küche und Gardinen mit dem Krug hin und her, bis sie den selbstentfachten Brand gelöscht hatte.

Danach öffnete sie die Fenster und die Wohnungstür weit, um den beißenden Gestank zu vertreiben. Erschöpft ließ sie sich in ihren Sessel fallen und schloss die Augen.

Aber der Frieden währte nur kurz.

Madame Flavicaus musste eingenickt sein. Sie wachte auf, als sie zwei starke Hände spürte, die sich ihr von hinten um die Kehle legten.

„Aaaargh!", würgte sie hervor, zu leise, um damit irgendwie auf sich aufmerksam zu machen.

Sie bekam kaum genug Luft zum Atmen und merkte, wie ihr langsam die Sinne schwanden.

KAPITEL 11

„Fehlt Ihnen etwas?"

Madame Flavicaus kam langsam wieder zu sich, als sie eine Stimme über sich hörte. Sie bemerkte erstaunt, dass sie weder gefesselt noch geknebelt war. Sie hing einfach nur schlaff und mit schmerzenden Gliedern in ihrem Sessel.

„Madame?"

Sie blickte nach oben und sah in das freundliche Gesicht eines jungen Mannes. Ihr fiel wieder ein, dass er einer ihrer Nachbarn war, die sie nur selten zu Gesicht bekam.

„Ich glaube, Sie wurden überfallen. Soll ich die Polizei rufen?"

Madame Flavicaus nickte nur schwach.

Kurz darauf wimmelte es in ihrer Wohnung nur so von Polizisten. Schon zum zweiten Mal in diesem Jahr, was Madame Flavicaus ungewöhnlich viel vorkam. Sie nahm sich fest vor, nicht noch ein drittes Mal Opfer etwaiger Übergriffe zu werden.

Wieder hatte sie den Beamten vor sich, der schon bei dem letzten Überfall zur Stelle gewesen war.

„Madame", sprach er sie besorgt an, „es gibt keinerlei Spuren, wie der Übeltäter in Ihre Wohnung eingebrochen sein könnte."

„Ich habe die Wohnungstür weit aufgelassen", musste sie dem Polizisten gestehen.

„Und die Eingangstür unten fällt bei der Kälte nicht immer richtig ins Schloss. Es wird ein Leichtes gewesen sein, hier hereinzukommen."

„Aber meine Gute!"

Der Mann war erstaunt.

„Wie konnten Sie nur die Tür offenlassen, nachdem Sie vor so kurzer Zeit überfallen wurden?"

Sie zeigte nur auf die angeschmorten Gardinen, die in Fetzen auf einer Seite des Wohnzimmerfensters herabhingen.

„War das der Täter?", schaltete sich ein zweiter Beamter ein.

Madame Flavicaus schüttelte den Kopf.

„Ich habe etwas gesucht und dabei die Ecken und Winkel mit einer Kerze ausgeleuchtet. Dabei habe ich den Stoff in Flammen gesetzt, und als ich mit dem Löschen fertig war, habe ich meine Fenster und Türen weit geöffnet, um den Geruch zu vertreiben. Dabei muss ich eingeschlafen sein."

„Der Übeltäter hat Sie im Schlaf überrascht?"

Der erste Polizist zückte seinen Notizblock. Madame Flavicaus nickte und erklärte ihm, was sie noch wusste. Es war nicht viel. Zwei eiskalte Hände, ein würgender Griff, dann war sie ohnmächtig geworden.

„Fehlt Ihnen denn etwas?", wurde Sie jetzt von dem zweiten Beamten gefragt.

Madame Flavicaus schaute sich um.

„Nicht dass ich wüsste."

„Schauen Sie lieber nach, solange wir noch da sind. Dann nehmen wir es gleich ins Protokoll auf."

Sie machte sich an die Arbeit und ging noch etwas benommen durch jedes Zimmer, öffnete ihre Truhe, schaute unter das Bett und in die Kommoden. Aber ihr fiel nichts auf, was der Täter mitgenommen haben könnte.

„Wurden Sie doll gewürgt?", fragte sie der eine Polizist besorgt.

„Sie haben richtige Striemen am Hals."

Madame Flavicaus befühlte vorsichtig ihre Haut. Doch sie stand noch unter Schock und spürte nichts.

„Mein Beutelchen!", kam es dann überrascht von

ihr.

Alle Anwesenden drehten sich zu ihr um.

„Mein Beutelchen mit Pulver wurde mir geklaut!"

Noch einmal betastete sie ihren Hals und ihre Brust. Dann stand sie auf, entschuldigte sich und verschwand in ihrem Badezimmer. Dort schloss sie die Tür und zog sich bis auf ihre Unterhose aus. Doch das Beutelchen tauchte nicht auf. Auch nicht, als sie ihre Röcke und das Oberteil kräftig ausschüttelte. Enttäuscht zog sie sich an und begab sich wieder aus dem Badezimmer.

„Wissen Sie, wer es darauf abgesehen haben könnte?", fragte der Polizist mit dem gezückten Notizblock.

„Nein, ich habe keine Ahnung. Bis eben hätte ich noch gedacht, dass Emil Berat vielleicht etwas mit der Sache zu tun hatte. Aber er kann nicht der Dieb sein ...", sagte sie mehr zu sich selbst als zu den Beamten.

„... er ist ja tot."

Die Anwesenden nickten stumm.

„Und noch etwas ...", Madame Flavicaus räusperte sich.

„Mir fehlen eine Reihe von Briefen, die ich in meiner Truhe gelagert habe. Sie müssen irgendwann entwendet worden sein."

„Aber Madame? Das scheint sehr ungewöhnlich zu sein. Gerade wenn Sie glauben, nichts Wertvolles zu besitzen. Was stand denn in den Briefen?"

„Das weiß ich leider nicht."

Die Herren machten sich Notizen und rieten ihr zur Vorsicht. Alle miteinander verließen sie die Wohnung, und Madame Flavicaus blieb irritiert zurück.

Dann fasste sie einen Plan.

KAPITEL 12

Am nächsten Morgen meldete sich Madame Flavicaus krank. Ihr Hals war rau und die Stimmbänder so geschwollen, dass sie am Telefon nur ein heiseres Krächzen herausbrachte, als sie mit der Vorarbeiterin sprach. Sie erwähnte den Überfall nicht, und die Dame ging davon aus, dass Madame Flavicaus von einem tückischen Erkältungsvirus heimgesucht worden war. Schon allein aus hygienischen Gründen durfte Madame Flavicaus ohne schlechtes Gewissen zu Hause bleiben. Denn Keime und Bakterien wurden in der Lebensmittel verarbeitenden Industrie nicht gerne gesehen.

In warme Wintersachen gehüllt, verließ sie kurz darauf das Haus. Ihr altes Moped ließ sich ohne Probleme starten. Es schien den Weg zu kennen, denn ohne dass Madame Flavicaus darauf achtete, wo sie langfuhr, stand sie eine gute halbe Stunde später vor dem großen Bürogebäude, in dem sie bis vor Kurzem geputzt hatte. Die meisten Menschen waren bereits zur Arbeit gekommen, so dass kaum jemand durch das Foyer ging.

Der Pförtner erkannte sie sofort und begrüßte sie freudig.

„Madame!", rief er aus.

„Sie sind zurück? Arbeiten Sie wieder für uns?"

Madame Flavicaus schüttelte energisch den Kopf.

„Leider nein. Ach, was heißt leider ..."

Sie machte eine kleine Pause, bevor sie weitersprach.

„Ich bin eher privat hier. Bitte lassen Sie mich in meine alte Etage, in der ich geputzt habe. Dort ist eine Frau, die für mich die einzige Verbindung zu einigen unschönen Vorfällen ist, die mir in letzter Zeit passierten. Wenn Sie verstehen ...?"

Der Pförtner verstand nicht, aber er ließ sie ohne zu zögern durch, als sie um Einlass in den hinteren Bereich bat, der zu dem Treppenhaus und den Aufzügen führte und der sonst nur Angestellten und angemeldeten Gästen vorbehalten war.

Madame Flavicaus ging zu den Fahrstühlen und drückte den Knopf, um einen ins Erdgeschoss zu rufen. Als sie in einen einstieg, fiel ihr auf, dass es in der Zwischenzeit einige Veränderungen gegeben hatte. Der Fahrstuhl schien erneuert worden zu sein, wenigstens der Innenraum sah anders aus. Neben den Zahlen für die jeweiligen

Stockwerke fand sie jetzt auf einer glänzenden Messing-Tafel die genaue Beschreibung der Firmen, die dort ansässig waren.

Sie drückte instinktiv auf die Etage, auf der sie gearbeitet hatte. Dann wanderte ihr Blick etwas höher. Ein Wort hatte sie unbewusst wie magisch angezogen. Dort stand neben dem Stockwerk ein Firmenname, der sie stutzig machte. HAFEZ & BERAT war dort in geschwungenen Lettern zu lesen. GETRÄNKE & ELIXIERE.

Die Türen öffneten sich mit einem lauten Rattern. Aber Madame Flavicaus stieg nicht aus. Ohne nachzudenken, drückte sie den Knopf für das Stockwerk darüber. Wieder öffneten sich die Türen mit einem lauten Geräusch. Madame Flavicaus steckte zunächst ihren Kopf aus dem Fahrstuhl, um sich einen Eindruck von ihrer näheren Umgebung zu verschaffen.

Diese Etage schien komplett anders gestaltet als die darunter, in der sie lange gearbeitet hatte. Hier gingen nicht von einem langen Flur rechts und links die Büroräume ab.

Sie machte einen Schritt aus dem Fahrstuhl und stand direkt vor einer großen Tür, die verschlossen aussah. Neben einer Klingel stand noch einmal der Name der Firma, den sie schon im Aufzug gelesen hatte. Beherzt läutete Madame

Flavicaus. Aus dem Inneren war ein schriller Ton zu hören, der ihren Besuch ankündigte.

Die Tür wurde mit einem kräftigen Ruck geöffnet.

„Was gibt's?", wurde sie von einer ruppigen Stimme angefahren, noch bevor sie denjenigen sehen konnte, der sprach.

Sie tat einen Schritt in die Tür und erst da wurde ihr klar, dass ihr der Sprecher irgendwie bekannt vorkam.

Ein kalter Schauer durchfuhr sie, noch bevor ihr Gehirn registrieren konnte, woher ihr die Stimme bekannt vorkam. Aber da war es schon zu spät.

Madame Flavicaus wurde von zwei eisigen Händen, die ihr erschreckend vertraut vorkamen, am Hals gepackt und hinter die Tür gezogen.

„Na, was haben wir denn hier für eine Überraschung?", säuselte es unheimlich an ihrem Ohr.

Ihr Körper erschauerte. Sie begann unwillkürlich zu zittern.

„Madame, Madame …", flüsterte der Mann.

„Wie kamen Sie nur darauf, dass ich es war?"

Madame Flavicaus schwieg.

„Sagen Sie mal, hören Sie nicht gut?", schrie er sie

daraufhin unvermittelt an.

„Woher wissen Sie, dass ich es war?"

Zunächst war Madame erstaunt, dass sie – anders als bei den Überfällen in ihrer Wohnung – von dem Mann mit „Sie" angesprochen wurde. Schon dachte sie, er würde sie in seinen Räumen mehr respektieren. Aber er packte sie hart an ihrem Arm und zog sie durch eine geöffnete Tür, auf der sie im Vorbeischleifen die Worte LABOR lesen konnte.

Mit der einen Hand hielt er sie fest an sich gedrückt, mit der anderen suchte er auf einem Tisch, auf dem jede Menge Messbecher und andere Utensilien standen. Dann wurde er fündig, und Madame Flavicaus wurde mit ein paar langen Gummischläuchen gefesselt.

Sie versuchte nicht einmal sich zu wehren, geschweige denn zu schreien. Ein Blick auf den Mann und die dick verkleideten Wände des Laborraums sagten ihr, dass es nicht nur sinnlos wäre, sondern im schlimmsten Fall den Mann noch provozieren würde. Trotzdem steckte er ihr zu guter Letzt noch einen dicken Knebel in den Mund.

Als sie wie ein zusammengeschnürtes Päckchen auf dem Boden lag, ging er aus dem Raum und verschloss die Tür hinter sich.

KAPITEL 13

Anderthalb Tage lag Madame Flavicaus benommen in dem Labor.

Zunächst hatte sie versucht, sich zu befreien. Doch die Gummischnüre waren so eng, dass sie froh sein konnte, wenn sie ihr nicht das Blut abdrückten. Ab und zu versuchte sie zu schreien. Besonders dann, wenn sie in der Etage unter sich meinte, Stimmen zu hören. Aber mit der Zeit merkte sie, dass es nur die Laute von einem Computerspiel waren. Sie vermutete, dass der Mann, der früher immer abends noch lange an seinem Schreibtisch saß und nicht nach Hause wollte, dort auch jetzt Runde für Runde an seinem Rechner spielte. Höchstwahrscheinlich kaute er während des Spiels laut vor sich hin und hatte kein Ohr für das, was um ihn herum und besonders über ihm geschah.

Zwischendrin wurde Madame Flavicaus immer wieder schwindelig. Sie entkräftete zunehmend. Hunger, aber besonders Durst zehrten schwer an ihr.

Doch dann geschah ein Wunder.

Als Madame Flavicaus nach einem langen Dämmerschlaf aufwachte, merkte sie, wie ihre Fesseln sich gelockert hatten. Durch die Tage ohne Nahrung und Wasser musste sie so ausgemergelt sein, dass der Umfang ihrer Handgelenke rapide geschrumpft war.

Vielleicht hatte sich gleichzeitig durch die stetige Körperwärme auch ein wenig das stramm gewickelte Gummi, aus dem die Fesseln bestanden, gelöst. Zumindest spürte Madame Flavicaus, dass etwas Spiel in den Schnüren war.

Sie wand ihre Hände gegeneinander und spannte das Gummi dann, so straff es ging. Und plötzlich war es ganz einfach. Sie konnte eine Hand aus den Fesseln befreien, worauf diese am anderen Handgelenk nur noch schlaff herunterhingen. Nun konnte sie sich mit eigener Kraft von dem Knebel erlösen.

Mühsam versuchte sie, sich aufzurichten. Ihre Füße waren noch gefesselt. Laufen konnte sie nicht. Deswegen robbte sie auf dem Boden bis zu einem großen Schrank mit mehreren Schubladen. Vielleicht würde sie dort ein Messer oder eine Schere finden. Aber er war verschlossen.

Madame Flavicaus blickte sich um. Über ihr standen auf einem langen Tisch allerlei Laborgegenstände, Zylinder, Glaskolben und auch ein Bunsenbrenner. Sie zog sich an den Tischbeinen mühsam hoch, nahm einen der Kolben in die Hand und ließ ihn auf den Boden fallen.

Das Glas zerbrach mit einem Knacken. Madame Flavicaus griff sich eine große gebogene Scherbe, die gleich neben ihren Füßen gelandet war. Sie umwickelte ihre Hand mit einem Stück von ihren weiten Röcken und griff sich das spitze Stück Glas. Wie mit einem Messer konnte sie nun mit wenigen Rucken ihre Fußfesseln durchtrennen.

Befreit stand sie auf und hüpfte wackelig von einem Bein auf das andere, um ihre Durchblutung wieder in Schwung zu bringen. Ihr wurde schnell schwindelig dabei, und mit letzter Energie tat sie ein paar Schritte auf ein kleines Waschbecken zu, das sie an der Wand neben der Tür entdeckt hatte. Und dann trank sie das Wasser aus ihren bloßen Händen. Sie trank und trank und wollte gar nicht mehr aufhören. Sie meinte, nie etwas Köstlicheres geschmeckt zu haben als dieses einfache Wasser aus der Leitung.

Als sie nicht mehr konnte, drehte sie den Hahn zu und ging mit leisen Schritten zur Tür. Sie war verschlossen. Natürlich. Erst überlegte sie, ob sie dagegen hämmern sollte. Aber sie wollte ihr Glück nicht weiter aufs Spiel setzen. Wenn es jemand hören würde, dann als Erstes der böse Mann, der sie hier gefangen hielt. Obwohl sie sich fast sicher war, dass er nicht mehr auf der Etage war. Zu laut hatte der Glaskoben gescheppert, als er auf dem Boden zersprang.

Madame Flavicaus ging zu einem der Fenster. Die Rollläden waren heruntergelassen. Als sie sie hochzog, tat sich vor ihr ein wunderbarer Blick über die ganze Stadt auf. Es musste geschneit haben, während sie hier oben gelegen hatte. Denn alle Häuserdächer und sogar der Kirchturm waren von einer weißen pudrigen Schicht überzogen und gaben der Stadt etwas märchenhaft Schönes. Nur leider war der Blick, der sich Madame Flavicaus bot, auch aus einer sagenhaften Höhe.

Sie öffnete ein Fenster und beugte sich heraus. Weit und breit konnte sie keinen Vorsprung und keine Nische entdecken, von der sie sich in die untere Etage herunterhangeln konnte.

Dann kam Madame Flavicaus eine Idee. Sie knotete die Gummischläuche, von denen noch einige in dem Labor herumlagen, aneinander. An das untere Ende knotete sie den Bunsenbrenner. Die lange Schnur mit dem ungewöhnlichen Ende warf sie über den Fenstersims und brachte sie mit kreisenden Armbewegungen in Schwingung. Dann dirigierte sie den Bunsenbrenner gegen die

Fensterscheibe direkt unter sich.

Es klirrte laut. Aber das Fensterglas hielt stand. Sie holte noch einmal Schwung und ließ den Brenner gegen die Scheibe schlagen.

„Hey, Sie!"

Madame Flavicaus hörte ein lautes Rufen. Unter ihr war das Fenster geöffnet worden, und der dicke Mann, den sie dort unten vermutet hatte, blickte ihr tatsächlich entgegen.

„Sie?", rief er erstaunt, als er in Madame Flavicaus die alte Putzfrau seines Büros wiedererkannte. Madame Flavicaus versuchte das lange Gummi zu stabilisieren. Aber der Bunsenbrenner war in seinem Schwung nicht mehr zu stoppen und schwang kräftig gegen das Gesicht des Mannes. Er rieb sich seine Nase.

„Bitte, helfen Sie mir!"

Madame Flavicaus lehnte sich weit aus dem Fenster.

„Man hält mich gefangen. Bitte. Rufen Sie die Polizei!"

Der Mann rieb sich weiter das schmerzende Gesicht und verschwand im Inneren des Raumes. Durch das noch immer geöffnete Fenster konnte Madame Flavicaus hören, wie er telefonierte.

Kurz darauf hörte sie unten auf der Straße leise Sirenen, die schnell näher kamen und lauter wurden.

Erschöpft und erleichtert lehnte sich Madame Flavicaus an den Tisch und sank entkräftet nach unten.

KAPITEL 14

Im Krankenhaus kam Madame Flavicaus wieder zu sich. Neben ihr hielt eine Polizistin in Uniform Wache.

„Ich bin so froh, dass Sie aufwachen. Sie haben drei Tage geschlafen!", wurde sie erleichtert begrüßt.

Ungläubig drehte sich Madame Flavicaus in ihrem Bett und begutachtete die Geräte und Schläuche, an die sie angeschlossen war.

„Was…? Was soll das alles?", fragte sie verwirrt.

Und dann fiel es ihr wieder ein. Ihr Besuch in dem Bürogebäude, bei dem sie eigentlich die Frau zur Rede stellen wollte, die von ihr den Punsch bekommen hatte. Das neu angebrachte Schild im Aufzug, auf dem sie erkennen konnte, was in der Etage über den Büros vor sich ging. Ihr Besuch dort. Der Schreck, als ihr der fremde Mann öffnete, der sie bereits in ihrer Wohnung überfallen hatte.

„Ich verstehe das alles nicht!", brachte sie nur hervor. Die Polizistin nickte ihr verständnisvoll zu.

„Wir wissen auch nicht alles, aber eines ist klar: Sie, meine Liebe, haben den Mörder von Emile Berat entlarvt.“

„Ich?“, fragte Madame Flavicaus irritiert.

„Wie denn das?“

„Sie haben uns auf die Spur seines Geschäftspartners gebracht. Hafez. Ein übler Bursche. Er ist mit seiner Frau über alle Berge. Aber Interpol ist an ihm dran. Obwohl er mit Emil Berat ein Unternehmen gegründet hat, hatten wir ihn nie in Verdacht, etwas mit dem Mord zu tun zu haben. Er hatte ein wasserdichtes Alibi von seiner Geliebten.“

„Aber wie kann er es dann doch gewesen sein?“

Madame Flavicaus Neugier erwachte.

„Die Geliebte hat das Alibi heute Morgen widerrufen. Gleich nachdem wir ihr erzählt haben, dass Herr Hafez sich mit seiner Ehefrau abgesetzt hat. Das arme Ding. Hochschwanger hat er es sitzengelassen.“

„Oh je“, brachte Madame Flavicaus nur hervor, und in ihrem Geiste fügten sich die Puzzleteilchen langsam zusammen. Wenn sie auch meinte, noch nicht alle zusammenzuhaben, um ein klares Bild zu bekommen.

„Madame, jetzt, wo Sie erwacht sind und uns Auskunft geben können, rufe ich einen Beamten her, der Ihre Aussage aufnehmen kann. Ich bin hier nur so lange zu Ihrem Schutz abgestellt."

Madame Flavicaus fühlte sich zwar noch etwas matt, nickte aber zur Zustimmung schwach. Sie wollte den ganzen offiziellen Teil schnell hinter sich bringen, um sich dann ganz den letzten Teilen des Rätsels zu widmen.

Nachdem die Beamten gegangen waren, sank Madame Flavicaus erschöpft in ihre Kissen. Gerade wollte sie erneut die Augen schließen, da hörte sie, wie die Tür zu ihrem Zimmer geöffnet wurde.

„Entschuldigung?"

Eine weibliche Stimme drang an ihr Ohr. Sie öffnete wieder die Augen. An ihrem Bett stand die Frau, die sie aus dem Büro kannte. Es war diejenige, die auch bei ihr zu Hause aufgetaucht war. Die Geliebte von Herrn Hafez. Jetzt wohl eher die ehemalige Geliebte. Sie trug einen kugelrunden Bauch vor sich her und ging mit watschelnden Schritten auf das Bett von Madame Flavicaus zu.

„Madame. Bitte entschuldigen Sie, dass ich hier so reinplatze. Darf ich?" Sie zeigte auf den Stuhl, auf dem zuvor die Polizistin gesessen hatte.

Madame Flavicaus nickte ihr so gut es ging einladend zu. Ihre Mattheit war sofort verflogen, als sie die Frau erkannt hatte. Denn sie war das fehlende Puzzleteil. Das Bindeglied, das alles verband.

„Ich komme gerade von der Polizei …", begann die Frau das Gespräch. Dabei zog sie sich den Stuhl näher an das Krankenbett von Madame Flavicaus und setzte sich zu ihr.

„Man sagte mir, dass Sie Schlimmes durchgemacht haben, und es tut mir aufrichtig leid. Denn ich bin nicht unschuldig an Ihrer Situation."

„Das habe ich mir schon gedacht."

Madame Flavicaus richtete sich etwas in ihrem Bett auf.

„Aber erzählen Sie doch!", forderte sie die Frau auf.

Die ließ sich nicht zweimal bitten und begann:

„Meine Affäre mit Hafez, so habe ich ihn immer genannt, begann vor einigen Jahren. Wir fuhren jeden Morgen gemeinsam mit dem Fahrstuhl in unsere Büros, und irgendwann kamen wir uns näher. In der Wirtschaftskrise hatte Hafez sich in den Laden von Emil Berat eingekauft, damit der sein Haus nicht veräußern musste. Im Gegenzug hat Berat ihm dabei geholfen, allerlei kuriose

Tränke und Wundermittel zu kreieren, die sehr gut schmeckten, aber allesamt keine Wirkung hatten. Hafez hatte betuchte Kundschaft, die trotzdem an seinen Zauber glaubte und ihm die Elixiere aus den Händen riss. Bis auch diese Leute irgendwann die Krise heimsuchte und sie von seinen Zaubertränken auf einfachen Wein oder Bier umstiegen.

Und dann kamen Sie ..."

Die Frau machte eine Pause und sah Madame Flavicaus fest in die Augen. „Sie gaben mir von Ihrem Trank und ich war sofort wie verzaubert. Ich gebe zu, zunächst mochte ich ihn nicht, aber ich merkte sofort den Unterschied zu dem Gebräu, das in der Etage darüber von Hafez für die Leute gemischt wurde. Ihr Getränk war magisch. Seine Elixiere waren nur gewöhnlicher Traubensaft mit allerlei Gewürzen, die er von Berat bekam.

Und dann gab ich ihm von den Vorräten, die Sie mir überließen, meine Gute. Heute weiß ich, dass es ein riesengroßer Fehler war. Denn er wurde zunächst sehr zugetan und schenkte mir sogar einen Verlobungsring. Aber das wissen Sie ja bereits.

Dann merkte er, dass sein Zustand mit einem Trank in Zusammenhang stand, den ich ihm regelmäßig gab, wenn er bei mir war. Er fragte mich nach meiner Quelle und wurde ganz aufgeregt, als ich ihm beschrieb, dass ich das Getränk von einer Frau hatte, deren Familie das Rezept wohl über Generationen weitervererbt hat. Er schickte mich los, um Sie um das Rezept zu bitten. Das war mein zweiter Besuch bei Ihnen."

Madame Flavicaus erinnerte sich noch gut daran.

„Als ich mit leeren Händen wiederkam, da sagte er, er würde es auf seine Art regeln. Und das hat er ja scheinbar getan. Es tut mir wirklich so leid. Ich habe erst von der Polizei erfahren, was er Ihnen angetan hat. Sie müssen mir glauben."

„Das tue ich."

Madame Flavicaus legte ihr beschwichtigend eine Hand auf den Arm.

„Aber nun erzählen Sie mir doch, wie es zu dem Mord kam."

„Ich glaube, es war ein Unfall. Hafez wusste, dass er mit Ihrem Rezept eine unerschöpfliche Geldquelle für sich entdeckt hatte. Er bat Berat, der deutlich besser kochen und würzen konnte, das Rezept nachzukochen und die fehlende Zutat zu ersetzen. Aber alle Versuche schlugen fehl. Als Hafez ihn dann spontan in seinem Laden besuchte, um nach dem Erfolg seiner Bemühungen zu sehen, da traten Sie auf einmal ein. Hafez war zu Tode erschrocken und schickte Berat nach vorne, damit er sich um Sie kümmerte. Sie müssen völlig verwirrt aus dem Laden gestürzt sein, und Berat hat danach Hafez Fragen gestellt. Hafez erklärte ihm, woher er das Rezept hatte. Sie kamen in Streit und Berat drohte, den Diebstahl zu melden. Er muss Sie sehr gemocht haben, Madame.

Daraufhin ist Hafez durchgedreht und hat ihn mit einer Weinflasche erschlagen. Es war im Affekt, so sagte er mir und bat mich zu meinem Wohle und zum Wohle unseres Kindes, dass ich ihm ein Alibi gab. Er machte mir klar, wie schwer es werden würde, wenn der Vater meines Kindes für den Rest seines Lebens hinter Gittern sitzen würde. Und ich war so dumm und tat es."

„Wir alle machen Fehler. Aus Liebe."

Madame Flavicaus lächelte sie traurig an.

„Sie sind so gut zu mir, Madame Flavicaus. Und Sie sehen sehr müde aus. Ich werde jetzt gehen."

„Kennen Sie einen Bernard Bateau?", fragte Madame Flavicaus zum Schluss des Gespräches etwas unsicher.

Die Frau lachte.

„Ein lustiger Name. Aber nein, von diesem Herren habe ich noch nie gehört. Aber er trägt einen freundlichen Namen. Er ist sicher kein Bekannter von Hafez oder sonst wem, der etwas Böses im Schilde führt."

KAPITEL 15

Es waren nur noch drei Tage bis Weihnachten, und Madame Flavicaus fühlte sich matt und erschlagen. Sie war zwar gefasst, aber richtige Freude konnte bei ihr nicht aufkommen. Wenn sie sich recht entsann, dann war ihr letzter wirklich schöner Tag der gewesen, an dem sie nichtsahnend, was er für ein Mensch war, mit Bernard Bateau durch die Grünanlagen flanierte. Wie hatte sie sich nur so in einem Menschen täuschen können? Auch wenn er mit dem Diebstahl des Tranks nichts zu tun hatte, war er doch trotzdem ein Mensch, bei dem sie zu gutgläubig gewesen war. Ein Mann, der es schaffte, so zu tun, als ob er ihren Sorgen ein Ohr schenken würde, obwohl er im Hintergrund selber an der Vertreibung ihres Volkes aus der Stadt beteiligt war. Denn schließlich hatte er die Luxuswohnungen auf der großen Grünfläche am Stadtrand mitgebaut.

Sie beschloss etwas zu tun, was ihr schon manches Mal geholfen hatte, wenn es ihr schlecht ging. Madame Flavicaus wollte anderen eine Freude machen. Den ganzen Morgen stand sie in ihrer Küche und backte weihnachtliche Plätzchen.

Als die Bleche mit den köstlich duftenden Gebäckstückchen genügend abgekühlt waren, packte sie sie in kleine Tütchen und machte sich damit auf den Weg zu den Händlern ihres Viertels. Sie wollte Danke sagen für die Unterstützung, als es ihr schlecht ging, und allen mit ihren Familien ein frohes Fest wünschen.

Gerührt wurde sie von jedem Einzelnen begrüßt, denn alle hatten mit ihr unter dem Mord und dem Verdacht gegen sie mitgelitten.

Erst als die Sonne schon längst untergegangen war, kam sie aus dem letzten der Läden. Ihre Kekse war sie zwar losgeworden, dafür hatte man sie aber selbst reich beschenkt mit allerlei Köstlichkeiten und sie konnte kaum über die Berge von kleinen Päckchen und Tüten gucken, die sie auf ihren Armen trug.

Plötzlich hörte sie lautes Rufen, dann schwere Schritte, die schnell näher kamen. Madame Flavicaus war eigentlich nicht schreckhaft, aber nach ihren Erlebnissen der letzten Wochen und Monate zuckte sie doch instinktiv zusammen.

Da hörte sie ein dröhnendes: „Sel'ami!"

Sie dachte erst, in ihrem Schreck hätte sie sich verhört. Denn das, das war eindeutig eine ihr sehr vertraute Begrüßung. Kein „Hallo" oder „Guten Tag", sondern ein Willkommensgruß in ihrer Muttersprache. Kurz darauf wurde sie von hinten fest umarmt.

Fast wären ihr die ganzen Geschenke aus den Armen gekullert, aber der Mann, der sie so herzlich umarmte, löste sich sofort und fing alles geschickt auf. Er besaß die jahrelange Übung eines Artisten. Mit breitem Grinsen stand er vor ihr.

„Madame, die Einkäufe!" Galant hielt er ihr die Sachen hin und half ihr, sie besser zu greifen.

„Josef!?"

Madame Flavicaus blieb der Mund offen stehen.

„Was machst du hier? Wie kommst du hier hin? Und wo ... wo sind die anderen?"

Ihr blieben fast die Worte weg, so rührte sie die überraschende Begegnung.

„Aber das weißt du doch!"

Madame Flavicaus sah ihn verwundert an.

„Aber nein."

„Es ist so schön geworden. Nur dich haben wir alle vermisst."

Noch einmal wurde sie herzlich von dem Mann gedrückt, diesmal aber vorsichtiger, damit nichts von ihren Kostbarkeiten ins Wanken geriet.

„Wir dachten schon, du wärst so verliebt, dass du keine Zeit mehr für uns hast, wenn wir kommen."

Jetzt verstand Madame Flavicaus gar nichts mehr.

„Aber ... wo seid ihr? Wo ist euer Lager?"

Sie schüttelte irritiert den Kopf.

„Aber Madame?!"

Die starken Arme drückten sie etwas weg, aber nur, damit Josef ihr besser in die Augen sehen konnte.

„Hast du Zeit?", fragte er sie ernst.

Madame Flavicaus überlegte. Eigentlich wollte sie die restliche Zeit bis zum Fest in Trübsal zu Hause verbringen. Aber Josef hatte sie schon unter den Arm gefasst und zog sie zur nächsten Bushaltestelle. Nicht ohne, ganz Gentleman, ihr die Geschenke abzunehmen, um die Stapel für sie zu tragen.

Als sie am Stadtrand an der Endhaltestelle aus dem Bus stiegen, staunte Madame Flavicaus nicht schlecht. Sie hatte erwartet, eine Baustelle vorzufinden. Halbfertige Luxusbauten, zwischen denen ihr Volk vielleicht über die Weihnachtszeit notdürftig geduldet wurde. Aber sie hatte sich getäuscht.

Vor ihr lag die riesengroße Wiese, fast so, wie sie sie in Erinnerung hatte. Nur gab es in deren Mitte einen großen, gepflasterten Platz, auf dem nun eine Wagenburg aufgebaut war. Außerdem gab es eine große abgetrennte Koppel, auf der ein paar Esel und Kamele an dem gefrorenen Gras nagten. Von einer Luxusbaustelle keine Spur. Das einzige große Gebäude, das sie sah, war ein quadratischer Bau ganz am äußersten Ende des Feldes, unter den hohen Bäumen. Vor dem Eingang prangte ein noch notdürftig angebrachtes Schild, auf dem stand: GEMEINSCHAFTSRÄUME   UND SANITÄRANLAGEN.

Madame Flavicaus wurde schwindelig. Alles Blut wich ihr aus den Gliedern, und sie schwankte gefährlich. Aber wieder war es Josef, der sie wie im Reflex stützte und ihr Halt bot.

„Was ist das?", fragte sie mit trockener Kehle.

„Du weißt nichts davon?"

Jetzt war es Josef, der sie ungläubig ansah.

Madame Flavicaus schüttelte den Kopf.

„Wirklich?"

Wieder musste sie verneinen.

„Wie merkwürdig das alles ist!"

Josef kratzte sich am Kopf.

„Vor ein paar Wochen, als wir zufällig herkamen auf der Suche nach einem Winterquartier, da war dieser Platz noch nicht fertig. Bauarbeiter zogen noch die Räume da hinten hoch. Und als wir sie fragten, woher plötzlich dieses Engagement der Stadt für uns kam, da hörten wir ein Gerücht, das man sich unter den Arbeitern erzählte. Ursprünglich sollten auf dieser Wiese Luxuswohnungen entstehen. Ein Investor war bereits gefunden. Doch kurz vor dem Baubeginn kam der alte Leiter des Bauamtes hierher. Er erklärte den Planern und Architekten, dass der Boden seit Jahrzehnten verseucht sei und nie bebaut werden dürfte. Zum Beweis zeigte er ihnen alte Bodenanalysen. Unter Androhung eines Publikmachens dieses Umstandes empfahl er, die Fläche weiterhin nur für eine temporäre Nutzung zuzulassen, da in diesem Rahmen die Belastungen durch die Schadstoffe als gering einzustufen seien.

Frag mich nicht wie, aber er scheint Erfolg gehabt zu haben. Ein öffentlicher Skandal hätte dazu geführt, dass der Investor mit Klagen überhäuft worden wäre. So zog er sein Kaufangebot zurück. Und danach wurde trotzdem eines Nachts der gesamte Boden abgetragen und neue Erde aufgeschüttet."

Madame Flavicaus starrte Josef ungläubig an. Aber der fuhr unbeirrt weiter: „Die Bauarbeiter munkelten, dass der alte Bauamtsleiter diesen Schachzug aus Zuneigung zu einer Frau tat. Und irgendwie sind wir alle davon ausgegangen, dass du diese Frau gewesen sein könntest."

Josef war fertig mit seinen Erzählungen und schwieg. Auch Madame Flavicaus brachte kein Wort hervor. Sie schluckte nur mehrmals schwer und warf sich dann in Josefs Arme.

„Ach, wenn du wüsstest!", rief sie dabei. Dann brach sie in Tränen aus.

Eine ganze Weile standen sie so. Arm in Arm an der Endstation der Bushaltestelle. Die Busse fuhren an und ab, aber die beiden blieben ungerührt stehen.

Irgendwann sagte Josef leise: „Komm, was hältst du davon, wenn wir zu den anderen gehen? Du hast sie lange nicht gesehen, und sie freuen sich sicher alle, dass du doch nicht verschwunden bist."

Aber Madame Flavicaus sah ihn entschlossen an und schüttelte den Kopf.

„Ich habe erst etwas Wichtiges zu erledigen", rief sie ihm zu und sprang in den nächsten Bus, der Richtung Innenstadt fuhr.

KAPITEL 16

Tausende Kilometer entfernt erklang ein helles Lachen. Eiswürfel klirrten in Gläsern. Hier wurden die ersten Drinks schon gleich nach dem Frühstück geordert.

Die Frau versuchte, das alles auszublenden, und drehte sich auf den Bauch. Die Sonne hatte schon Kraft, obwohl es noch nicht einmal Mittag war. Ihre Freunde und ihre Eltern hatten recht. Die Wärme tat ihr gut. Auch wenn sie ihre Auszeit nicht richtig genießen konnte. Nicht so, wie die anderen Gäste um sie herum.

Ihre Kinder vermisste sie sehr. Ihr Lachen, die kleinen Streitereien unter ihnen, die in großen Kuscheleien endeten, bei denen sich alle beide auf sie warfen und sie mit ihren kleinen Mündern abküssten, bevor sie durchgekitzelt wurde. Die beiden hätten sie auf Trab gehalten, ihre Aufmerksamkeit gefordert und sie davor bewahrt, dass sie Zeit zum Nachdenken hatte.

Genau das war wohl auch der Grund, warum ihre Eltern darauf bestanden hatten, sie beide für ein paar Wochen zu sich zu nehmen. Natürlich hatten sie ihren Wunsch anders begründet. „Wir sehen die beiden gar nicht. Ihr wohnt zu weit weg. Die Kleinen brauchen auch mal Oma und Opa und müssen verwöhnt werden."

Sie hatten es ihr leicht machen wollen, so dass sie die Reise ohne allzu schlechtes Gewissen antreten würde. Und das hatte sie getan. Erleichtert und wie von einer großen Last befreit, war sie abgeflogen. Aber jetzt fehlten ihr das Geschrei und die ständigen Forderungen nach Beschäftigung und Aufmerksamkeit.

Plötzlich merkte sie auch, dass er ihr fehlte. Obwohl sie das nicht wollte. Gerade, als sie den Verlust zu spüren begann, sagte jemand: „Darf ich Ihnen etwas zu trinken bringen?", und riss sie aus ihren Überlegungen. Sie hob ihren Kopf und drehte sich so, dass sie sehen konnte, wer sie ansprach.

Ein junger Kellner stand vor ihr. In der Hand ein leeres Tablett, auf dem ein kleiner Notizblock und ein Kugelschreiber lagen.

„Ein Wasser? Oder vielleicht eine Limonade? Es ist alles im Preis inbegriffen, Sie müssen nur wählen."

Sie musterte ihn von oben bis unten. Für die Temperaturen war er recht warm angezogen. Ein weißes Hemd mit langen Ärmeln, darüber eine schwarze Weste und eine schwarze Hose. An seinen Füßen glänzten auf Hochglanz polierte dunkle Lederschuhe. Ja, sie hatte ein sehr gutes Hotel gewählt. Das wurde ihr bei dem Anblick des Kellners klar.

Sie wollte nicht unhöflich sein und ihn in der Hitze schmoren lassen, bevor er dann unverrichteter Dinge von dannen zog.

„Eine Limonade, sehr gerne", gab sie ihre Bestellung auf.

Sanft rauschten die Wellen an den Strand, und die winzig kleinen Kiesel gaben in ihrer Bewegung eine wunderbar entspannende Hintergrundmusik. Gemischt mit dem Lachen und den leisen Rufen der Leute an der Bar fiel sie in einen leichten Dämmerschlaf.

Das leise Klirren auf dem Beistelltischchen neben ihr riss sie kurz wieder aus diesem Zustand, aber sie versuchte es zu ignorieren.

Ein leises Räuspern direkt über ihr ließ sie blinzeln.

„Entschuldigung, ein Anruf für Sie. An der Rezeption. Es ist ein gewisser Bernard Bateau."

KAPITEL 17

Madame Flavicaus stieg direkt am kleinen Platz mit dem Brunnen aus dem Bus. Sie flog fast zu dem großen Gebäude, auf dem mit großen Lettern BAUAMT stand. Die schwere hölzerne Eingangstür quietschte schaurig, als sie die Klinke nach unten drückte und sich mit aller Kraft dagegen lehnte, um sie zu öffnen.

Im Inneren des Gebäudes war es dunkel und kalt. An der Wand sah sie große Tafeln, auf denen die verschiedenen Abteilungen der Behörde aufgelistet waren sowie die Zimmernummern der entsprechenden Mitarbeiter. Sie kniff die Augen zusammen und blinzelte, um in der Dämmerung besser sehen zu können. Aber keiner der Namen kam ihr bekannt vor.

Gegenüber der Tafeln lag ein verwaister Empfangsbereich. Hinter einer Glasscheibe konnte sie einen Schreitisch, einen Stuhl sowie ein Telefon erkennen. Auf der Scheibe klebte ein weißer Zettel, auf dem stand in großen Buchstaben:

DAS BAUAMT IST IN DER ZEIT VOM 20.12. BIS ZUM 5.1. GESCHLOSSEN.

Aber so leicht wollte Madame Flavicaus nicht aufgeben. Sie ging über den Platz und steuerte geradewegs auf die Polizeiwache zu. Selbst wenn man ihr gesagt hätte, dass es keine neue Adresse von Bernard gab, unter der er zu erreichen war, wollte sie zur Sicherheit doch noch einmal nachfragen.

Aber auch dort konnte man ihr keine Auskunft geben. Schon gleich am Eingang schüttelte der freundliche Mann bedauernd den Kopf, als sie ihr Anliegen vortrug.

„Madame, es tut mir leid. Die Wache ist nur mit einer Notbesetzung bestückt zwischen Weihnachten und Neujahr. Keiner der Beamten, die in Ihrem Fall ermittelt haben, ist dabei. Und ich darf wirklich nur Fälle annehmen, die mit Mord oder Todschlag zu tun haben. Alles andere muss warten. Kommen Sie Anfang des neuen Jahres wieder, da wird man Ihnen sicher gerne weiterhelfen.‟

Enttäuscht stapfte Madame Flavicaus ins Freie und machte sich nachdenklich auf den Heimweg. Wie sollte sie jetzt herausfinden, ob Bernard Bateau wirklich der Wohltäter war? Und wie sollte sie ihm danken? Wie sich entschuldigen, weil sie ihm unterstellt hatte, am Bau der Luxuswohnungen beteiligt zu sein?

Mit gesenktem Haupt bog sie in ihre Straße. Die Dämmerung hatte bereits früh eingesetzt, und sie musste genau auf den Gehweg gucken, um nicht auf einer glatten Stelle auszurutschen.

Ein schwerer LKW zog mit brummendem Motor an ihr vorbei und hielt genau vor dem Haus gegenüber des ihren. Wieder ein Umzugswagen. Neugierig trat Madame Flavicaus näher und wartete, bis der Fahrer die Tür öffnete.

„Guten Tag!", begrüßte Madame Flavicaus ihn, als er ausstieg.

Der Mann blickte zu ihr und lächelte. Er war jung. Genau wie der Fahrer, der den letzten Umzugswagen fuhr. Nur leider hatte dieser keinerlei Ähnlichkeit mit Bernard Bateau.

„Guten Tag, Madame!", grüßte er jedoch recht freundlich.

„Ich wohne hier!"

Madame Flavicaus deutete auf das schäbige Haus gegenüber dem schicken Neubau, vor dem der Umzugswagen stand.

„Ziehen Sie hier ein?"

Sie deutete auf die oberste Wohnung des Hauses, vor dem der LKW stand. Der Mann lachte.

„Nein. Oh nein. Das könnte ich mir gar nicht leisten!"

Er schüttelte amüsiert den Kopf und fügte hinzu: „Ich fühle mich geschmeichelt, aber ich bin nur der Fahrer des Umzugswagens."

„Und die neuen Mieter ...?", fragte Madame Flavicaus vorsichtig.

„Die sind schon da und räumen ein. Das hier ist schon meine zweite Fuhre, und oben in der Wohnung ist jede Menge aufzubauen und zurechtzurücken."

„Oh!"

Madame Flavicaus kam ein Gedanke.

„Dürfte ich vielleicht mit Ihnen nach oben gehen und mit den Herrschaften sprechen?"

Der Fahrer überlegte kurz, bevor er antwortete.

„Ich muss hier erst die Ladung entsichern und prüfen, ob auch nichts zu Schaden gekommen ist. Die Vorschriften, für die Versicherung. Das dauert sicher noch. Aber, warum klingeln Sie nicht einfach? Man lässt Sie sicher gerne herein."

Bei seinen Worten nickte der Mann in Richtung der breiten Haustür, an die eine Metallplatte mit mehreren Namen und Klingelknöpfen angebracht war.

Madame Flavicaus nahm ihren Mut zusammen, ging darauf zu und drückte den obersten Knopf, neben dem noch „B. Bateau" stand. Kurz zuckte sie beim Lesen zusammen. Für eine Sekunde gefangen in der Vorstellung, dass Bernard Bateau doch noch dort oben wohnen könnte, wenn hier unten sein Name stand. Dass er ihr öffnen würde und sie beiden bei einem vertrauten Spaziergang durch die eingefrorenen Grünanlagen über die Missverständnisse zwischen ihnen lachen würden.

Aber nichts dergleichen geschah.

Ohne dass jemand durch die Gegensprechanlage nach dem Besucher fragte, wurde der Türsummer betätigt.

Es war das erste Mal, dass Madame Flavicaus das Innere des Hauses betrat. Es roch sauber. Nach Beton und einem wohlriechenden Putzmittel. Breite Treppen führten in die oberen Stockwerke.

In der Mitte wartete ein geräumiger Fahrstuhl, der hell und einladend beleuchtet war. Sie nahm die Stufen. Auf jeder Etage gab es nur zwei Türen, die von einem Flur ausgingen. Nur ganz oben, am Ende des Treppenhauses, gab es nur eine Eingangstür. Die stand offen.

Von weiter drinnen hörte sie schon emsiges Hämmern und Bohren. Mehrere Handwerker schraubten gerade ein Bettgestell zusammen. Das Klappern von Geschirr war zu hören.

„Entschuldigung?", rief Madame Flavicaus vom Flur in die Wohnung.

Einer der Männer, die über das große Bettgestell gebeugt waren, hielt mit seiner Arbeit inne und hob den Kopf.

„Dürfte ich kurz mit den neuen Mietern sprechen?"

Der Mann brummte nur und machte eine Kopfbewegung in die Richtung, in der Madame Flavicaus die Küche vermutete. Eine gepflegte Frau in einem engen Kostüm lugte aus dem Raum in den Flur. Sie hielt eine strahlend weiße Porzellanschüssel in der Hand, die noch zur einen Hälfte mit Packpapier umwickelt war.

„Ja? Bitte?"

„Guten Tag! Ich bin Ihre Nachbarin!", brachte Madame Flavicaus hervor.

Die Frau streckte ihr freundlich die Hand entgegen.

„Wie aufmerksam, dass Sie sich bei uns vorstellen ...", bemerkte sie.

„Eigentlich bin ich nicht nur deswegen da ...", setzte Madame Flavicaus an.

„Es geht um den Vormieter der Wohnung. Bernard Bateau. Wissen Sie, wo er ist?"

Die Frau überlegte kurz. Dann drehte sie sich um und rief über ihre Schulter in die Wohnung hinein: „Schatz?"

Sie machte eine Geste, mit der sie Madame Flavicaus in die Räume bat.

„Kommen Sie doch herein. Ich kann Ihnen nur leider noch keine Sitzmöglichkeit anbieten und auch sonst nichts."

„Das ist in Ordnung ...", murmelte Madame Flavicaus und schaute sich verstohlen in der riesig großen Wohnung um, die sie sonst nur durch den Blick von gegenüber kannte.

Die Räume waren noch großzügiger, als es von ihr

aus zu erkennen war. Aber die Größe wurde durch geschickt platzierte Nischen und Vorsprünge so lebhaft gestaltet, dass die Fläche, soweit sie sehen konnte, wohnlich und äußerst gemütlich wirkte. Auch in dem Chaos, das durch die gestapelten Umzugskartons und Möbel entstanden war.

Ein Mann trat um die Ecke. Er war groß und wirkte ebenso gepflegt wie die Frau. Und das, obwohl man ihm ansah, dass er gerade handwerklich arbeitete. Auch er reichte Madame Flavicaus zur Begrüßung freundlich die Hand und lächelte sie an.

„Weißt du etwas über den Mann, der hier zuvor gewohnt hat?", fragte die Frau ihn.

„Hmmm?", der neue Mieter überlegte eine Weile. Madame Flavicaus wurde ungeduldig.

„Bitte. Irgendetwas?", hakte sie nach.

„Eigentlich nicht. Er hat uns keine Adresse hinterlassen."

Der Mann ging zu einem Mantel, der auf einem der Kartons lag, und fasste in die Innentasche. Kurz darauf zog er ein kleines Notizbuch hervor, das in Madame Flavicaus Augen sehr edel aussah.

„Nur die von seinem Sohn, glaube ich. Aber der wohnt weit weg."

Er blätterte die Seiten durch und blieb dann an einem Eintrag hängen.

„Ah, hier ist sie. Soll ich Ihnen die Adresse aufschreiben?"

Und, noch bevor Madame Flavicaus antworten konnte, riss er vorsichtig eine leere Seite aus dem Büchlein, zückte einen Stift und schrieb die Adresse ab. Madame Flavicaus nahm glücklich den Zettel entgegen, wünschte dem Paar alles Gute für den Einzug und frohe Festtage.

Noch im Rausgehen las sie, was auf dem Papier stand: „René Bateau". Dahinter war eine Adresse im Ausland notiert. Sie lief über die Straße, stieg in Windeseile die Treppe zu ihrer Wohnung empor und öffnete völlig außer Atem die Tür. Keine Minute später und ohne zu verschnaufen, hatte sie den Telefonhörer in der Hand und wählte mit flinken Fingern die Nummer der internationalen Auskunft.

„Bitte geben Sie mir eine Nummer, es ist dringend!", rief sie in den Apparat.

Plötzlich hatte Madame Flavicaus das Gefühl, ihr würde die Zeit davonlaufen.

KAPITEL 18

Völlig erschöpft von der langen Reise kam Madame Flavicaus an dem kleinen Hafen an. Bernards Sohn, René, hatte sie bis zu dem Bootshaus gefahren und wartete nun im Auto. Mitkommen wollte er nicht. Denn er wusste, dass er nur stören würde. Auch er war nervös, wenn auch nicht einmal einen Bruchteil so nervös wie Madame Flavicaus.

Schon am Telefon hatte er an ihrer Stimme gehört, wie viel sein Vater ihr bedeutete. Und, da er von seinem Vater jeden Abend, wenn er von seinem Boot zurückkam, etwas von dieser Frau erzählt bekam, wusste er, dass auch sein Vater sein Herz verloren hatte.

Es hatte ihn traurig gemacht, dass diese Gefühle scheinbar bisher nicht erwidert wurden. Er hätte sich für seinen Vater etwas anderes gewünscht, vielleicht auch ein klitzekleines bisschen deswegen, um zu erleben, dass es auch Liebesgeschichten mit einem glücklichen Ende gab.

Und dann klingelte plötzlich eines frühen Morgens das Telefon. Schon bevor sie ihren Namen sagte, ahnte er, wen er da am Apparat hatte. Das ferne Knistern und Rauschen verriet ihm, dass das Gespräch von weit her durchgestellt worden war. Sein Vater war schon unterwegs, um die letzten Reparaturen und Vorbereitungen für seine Abreise vorzunehmen. Gleich nach dem Weihnachtsfest sollte es für ihn losgehen. Ohne zu zögern hatte René Madame Flavicaus eingeladen und ihr versichert, dass sie dringlich gebraucht wurde.

Es sollte eine Überraschung sein.

Und nun tapste die sonst so bodenständige Madame Flavicaus mit unsicheren Schritten über den schwankenden Bootssteg. Dabei hob sie ihre Röcke leicht an, um sich in ihnen nicht zu verfangen.

Aus dem großen Segelboot, dass René ihr gezeigt hatte, drang lautes Hämmern und Klopfen. Ein Radio spielte dazu leise Seemannslieder.

Einen Moment war Madame Flavicaus versucht, ohne sich zu zeigen umzudrehen und die Flucht anzutreten. Aber gerade, als sie zwischen Fliehen und dem letzten Schritt auf das Schiff zu schwankte, streckte Bernard Bateau seinen Kopf aus der Kajüte und schaute ihr direkt entgegen.

In seinem Blick lag Staunen, als er die wankende Madame Flavicaus mit ihren gerafften Röcken auf dem Steg stehen sah. Aber er fasste sich schnell, trat ihr wie selbstverständlich entgegen und reichte ihr die Hand.

„Willkommen an Bord, meine liebste Rosina!", begrüßte er sie und führte sie auf die starken Planken des Decks.

Madame Flavicaus vergaß zu atmen. Ihr wurde schwindelig und sie drohte, den Halt zu verlieren. Aber da nahm er sie schon in seine Arme und hielt sie einfach nur.

KAPITEL 19

„Gleich kommen meine Enkel!"

Bernard Bateau hatte seinen Arm um Madame Flavicaus gelegt und drückte sie fest an sich. So, als ob er sie nie wieder loslassen wollte.

„Du wirst sie mögen."

Er lächelte sie an.

„Und sie werden dich lieben. Kein Zweifel. Denn die beiden Jungs sind echte Bateaus."

Madame Flavicaus strahlte ihren Bernard an und schmiegte sich an ihn.

Das Telefon klingelte. Bernards Sohn ging ran und rief dann seinen Vater.

Der brummte nur: „Ah, ja. Aha? Bei einem Verbrecher? Na das ist ja was. Ich bitte Sie, die Briefe an die Adresse meines Sohnes zu senden, wenn Sie sie nicht mehr brauchen. Ja, sie haben einen persönlichen Wert und die Empfängerin steht direkt neben mir."

Bernard legte den Hörer auf.

„Das war die Polizei. Sie haben meine Briefe an dich gefunden. In dem Haus eines Mörders. Bei einer Durchsuchung. Kannst du dir das erklären?"

„Das kann ich!", sagte Madame Flavicaus.

„Eine lange Geschichte, die erzähle ich dir später. Aber nur, wenn du mir erzählst, was in den Briefen stand. Bis die bei uns sind, vergeht viel zu viel Zeit!"

Dann schnüffelte sie in der Luft.

„Oh, mein Punsch!"

Sie eilte in die Küche. Gerade noch rechtzeitig, um ein Überkochen der dunkelroten Flüssigkeit zu vermeiden. Schnell nahm sie den Topf vom Herd und stellte ihn auf einen Untersetzer zum Abkühlen. Sie war etwas traurig, dass die Polizei bisher das Beutelchen mit dem Pulver noch nicht gefunden hatte. Aber dann wischte sie den Gedanken zur Seite. Madame Flavicaus hatte Wichtiges zu tun.

Über die Weihnachtstage hatte sie die Herrschaft über die Küche für sich erlangt. Die beiden Männer hatten sich nicht lange bitten lassen und waren ihr sehr dankbar, dass sie sich zum Dank für das herzliche Willkommen um das leibliche Wohl der Familie kümmern wollte.

Eine kleine Fliege summte an ihr vorbei und saugte sich mit ihren mikroskopisch kleinen Füßchen an der geschlossenen Scheibe fest. Madame Flavicaus öffnete das Fenster ein Stück, und wollte das Tierchen herauslassen. Doch es dachte nicht daran, flog wieder los und drehte seine Runden über dem Topf mit dem heißen Punsch.

„Pass auf!", riet Madame Flavicaus der Fliege.

„Das ist viel zu heiß für dich."

Aber dann nahm sie eine Untertasse aus dem Schrank und tropfte ein kleines bisschen von dem Punsch auf das Geschirr.

„Hier, zum Kosten."

Die Fliege schien zu verstehen und landete auf dem Porzellan.

Dann sah Madame Flavicaus draußen eine Bewegung auf der Straße. Ein Auto fuhr vor. Und aus dem Wagen stiegen nacheinander zwei kleine Jungen, die René und somit auch Bernard wie aus dem Gesicht geschnitten waren, gefolgt von einer gut aussehenden Frau. Sie war braungebrannt, als ob sie direkt aus der Sonne gekommen wäre. Das musste die Mutter der Kinder sein. Marie. Bernard hatte ihr in den letzten Tagen einiges von ihr erzählt. Und von René. Sie hatten sich erst vor Kurzem getrennt. Die Differenzen schienen unüberbrückbar. Trotz der Kinder.

Madame Flavicaus konnte ihr von Weitem die Enttäuschung und Trauer ansehen, die für sie scheinbar mit der Trennung einherging. Und auch René schien es nicht gut zu gehen, als er aus dem Haus trat und seine Kinder in Empfang nahm.

„Danke, dass ich die Kinder doch über Weihnachten haben darf und sie nicht bei deinen Eltern sind. Und schön, dass du schon wieder zurück bist! Willst du wirklich nicht zum Weihnachtsessen bei uns bleiben?", hörte sie ihn durch das halb geöffnete Fenster fragen.

Marie schüttelte abwehrend den Kopf und verabschiedete ihre Jungs.

„Aber vielleicht auf einen kleinen Punsch?"

Das war die Stimme von Bernard, der wohl noch in der Haustür stand und die traurige Szene ebenfalls beobachtet haben musste. Madame Flavicaus wusste nicht, dass er Marie in ihrem Urlaub angerufen hatte und sie am Telefon bekniet hatte, die Kinder an Weihnachten vorbeizubringen. Sie wusste auch nicht, dass Bernard sie mit Engelszungen überredet hatte, zurückzukommen, damit er sich vor seiner Abreise von ihr und den Kindern verabschieden konnte. Sie würden sich lange nicht sehen.

Madame Flavicaus versuchte, den Atem anzuhalten, um die Antwort nicht zu verpassen. Doch plötzlich hörte sie ein aufgeregtes Summen neben sich. Einen Moment brauchte sie, um das Geräusch zu orten. Es kam aus dem Kochtopf mit dem Punsch. Es war der panische Flügelschlag einer Fliege. Sofort griff sich Madame Flavicaus eine Schöpfkelle und fischte das winzige Tierchen aus dem Getränk. Behutsam streckte sie ihm ihren Finger hin und sah erleichtert, dass es mit den kleinen Beinchen Halt auf ihrer Haut fand. Sie nahm ein frisches Küchentuch und faltete es zusammen. Dann setzte sie den kleinen Tollpatsch darauf und blies ihm vorsichtig ihren Atem zwischen die winzigen Flügel.

„Rosina! Rosina!"

Hinter ihr waren unbemerkt die beiden Jungs in die Küche gekommen und drängten sich an sie. Kleine Händchen versuchten patschend, sie von hinten zu umfassen.

„Nicht so stürmisch!", mahnte eine Stimme hinter ihr. „Ihr kennt die Frau doch gar nicht."

Es war Marie, die ebenfalls hineingekommen war.

Madame Flavicaus war sehr erfreut, dass die Frau der Einladung doch noch gefolgt war. Sie griff sich zwei große Becher und füllte sie randvoll mit dem warmen Getränk. Dann reichte sie den einen Becher Marie und stieß mit ihr an.

„Ich bin Rosina!", stellte sich Madame Flavicaus noch einmal persönlich vor.

„Marie", sagte die Frau und versuchte ein zaghaftes Lächeln, aber es fiel ihr schwer.

„Schön, dass Sie noch mit reingekommen sind."

Die Frau nickte.

„Nur kurz."

Dann kam sie ganz nah an Madame Flavicaus heran und flüsterte: „Der Kinder wegen. Sie leiden sehr."

„Aber bleiben Sie doch noch zum Essen, Marie. Es würde uns alle freuen", wiederholte sie noch einmal die Einladung, die René zuvor schon ausgesprochen hatte.

Marie schüttelte entschlossen den Kopf und nippte an dem Punsch.

„Hmmm, wie köstlich!"

Ihre Gesichtszüge entspannten sich etwas.

„Jungs, wolltet ihr nicht spielen gehen?", fragte sie in Richtung ihrer Kinder. Die beiden gehorchten sofort und verschwanden.

„Wissen Sie, Rosina", setzte sie zu einer Erklärung an, „ich würde gerne bleiben, aber es bricht mir das Herz. Gerade jetzt, am Fest der Liebe zu sehen, dass unsere Ehe gescheitert ist und es keinen Weg mehr zurück gibt."

Betrübt senkte sie den Kopf.

„Ist das denn so?", erkundigte sich Madame Flavicaus.

Marie antwortete mit leiser Stimme: „Es ist zu viel geschehen. Zu viel gesagt. Zu viel zerbrochen."

Dann nahm sie einen kräftigen Schluck aus ihrem Becher. Gerade wollte Madame Flavicaus zu einer Antwort ansetzen, da kamen Bernard und sein Sohn dazu.

„Hier riecht es aber herrlich!", riefen beide spontan aus.

„So nach Weihnachten irgendwie."

„Das ist mein Punsch", erklärte Madame Flavicaus bescheiden und griff noch zwei Becher aus einem der Schränke.

Sie schenkte den Männern mit der Kelle großzügig ein und sah, dass Marie ausgetrunken hatte. Ihre Wangen glühten ein wenig von dem warmen Getränk. Madame Flavicaus schenkte auch ihr nach. Dann stießen sie an.

„Frohe Weihnachten!", brummte Bernard fröhlich und schloss beim ersten Schluck die Augen.

„Wie köstlich, Rosina! Du bist eine Meisterin im Punschkochen!", lobte er sie.

Und auch die anderen nickten, und dann nahmen alle gleichzeitig einen Schluck.

Madame Flavicaus hörte ein leises Summen an ihrem Ohr. Eine kleine Fliege schwirrte vergnügt durch den Raum. Sie warf einen Blick auf das zusammengefaltete Küchenhandtuch. Es war leer. Das Tier schien sich von seinem unfreiwilligen Bad erholt zu haben und flog jetzt munter zwischen den Menschen herum. Bis es mit einem kleinen Schwenker zum Fenster abbog und nach draußen verschwand.

Madame Flavicaus folgte mit ihrem Blick der Fliege und musste lächeln. Sie spürte, wie eine ganz besondere Stimmung von ihr Besitz ergriff. Plötzlich war alles um sie herum wie verzaubert. Mit einem Blick auf die anderen sah sie, dass es ihnen genauso ging.

„Bernard, mein Lieber", sagte sie und zog ihn an sich heran.

„Wollten wir nicht mit den Kindern den Baum schmücken?"

Leise verließen sie die Küche.

Vor der Tür lächelten sie sich glücklich an.

„Der Punsch?", fragte er nur.

Madame Flavicaus nickte.

„Aber, sagtest du nicht, dass er nur seine zauberhafte Wirkung entfaltet, wenn das Pülverchen deiner Großmutter darin ist?", wunderte Bernard sich.

„So stand es im Rezept."

Madame Flavicaus grübelte darüber nach, während sie mit den Kindern den Baum festlich schmückten.

Und dann fiel es ihr wieder ein.

„Die Fliege!", rief sie aus.

„Die ist es!"

„Welche Fliege?" Bernard sah sie verdutzt an.

„Eine kleine Fliege ist mir schon in den ersten Trank geflogen, den ich in meiner Wohnung gekocht habe. Ich habe sie herausgefischt. Und nun war es wieder eine Fliege."

Sie erinnerte sich wieder an eine der letzten Zeilen des Rezeptes: MIT ETWAS GELIEBTEM ENTFALTET DER TRANK SEINEN VOLLEN ZAUBER.

„Kann es denn sein, dass eine Fliege etwas Geliebtes ist?"

Bernard grinste.

„Warum denn nicht? Wenn sie sich von dir geliebt fühlt."

Beide lachten.

„Und ich dachte, es wäre dieses verflixte Pulver! Wie dumm von mir."

„Vielleicht war es das auch, Rosina. Für deine Mutter. Denn die hat es mit ganzer Liebe an ihrem

Herzen getragen, wie du erzählt hast."

EPILOG

Stunden später saßen vier erwachsene Menschen satt gegessen und glücklich um den leuchtenden Weihnachtsbaum. Die Kinder waren nach der Bescherung mit den neuen Spielsachen in ihrem Zimmer verschwunden.

Glücklich bemerkte Madame Flavicaus, dass René seinen Arm um Marie gelegt hatte. Sie war nicht nur zum Weihnachtsessen geblieben, sondern plante sogar, die Feiertage mit ihnen zu verbringen.

„Und Madame?", fragte Bernard sie.

„Schon entschieden?"

Madame Flavicaus nickte entschlossen und gab ihm einen langen Kuss.

„Wie schön mein Leben doch ist!", sagte sie sich glücklich. Sie fühlte sich bereit für die Reise mit Bernard über das Meer. Etwas Neues begann, und sie wusste schon jetzt, es würde das schönste Abenteuer ihres Lebens werden.

ENDE